큰글
한국문학선집

박인환 시선집

목마와 숙녀

일러두기

1. 제목의 경우 한자를 삭제하고 한글로 표기하고 이를 각주를 달아 한자를 알아볼 수 있도록 하였다.
2. 이해를 돕기 위하여 편집자 주를 달았다.
3. 이 책의 목차는 시 제목의 가나다순으로 배열하였다.

목 차

15일간

깨끗한 시트[1] 위에서
나는 몸부림을 쳐도 소용이 없다.
공간에서 들려오는 공포의 소리
좁은 방에서 나비들이 날은다.
그것을 들어야 하고
그것을 보아야 하는
의식(儀式).
오늘은 어제와 분별이 없건만
내가 애태우는 사람은 날로 멀건만
죽음을 기다리는 수인과 같이
권태로운 하품을 하여야 한다.

---

1) sheet. 침대 아래위로 덧씌우는 흰 천. 깔개, 덮개, 자리.

창밖에 나리는 미립자
거짓말이 많은 사전
할 수 없이 나는 그것을 본다.
변화가 없는 바다와 하늘 아래서
욕할 수 있는 사람도 없고
알래스카에서 달려온 갈매기처럼
나의 환상의 세계를 휘돌아야 한다.

위스키 한 병 담배 열 갑
아니 내 정신이 소모되어 간다. 시간은
15일 간을 태평양에서는 의미가 없다.
하지만
고립과 콤플렉스의 향기는
내 얼굴과 금 간 육체에 젖어버렸다.

바다는 노하고 나는 잠들려고 한다.

누만년의 자연 속에서 나는 자아를 꿈꾼다.

그것은 기묘한 욕망과

회상의 파편을 다듬는

음참(陰慘)한[2] 망집(妄執)[3]이기도 하다.

밤이 지나고 고뇌의 날이 온다.

척도(尺度)[4]를 위하여 커피를 마신다.

사변(四邊)은 철(鐵)과 거대한 비애에 잠긴

하늘과 바다.

---

2) 음침하고 참혹한.

3) 망령된 고집. 〈불교〉 망상을 버리지 못하고 집착함.

4) 평가하거나 측정할 때 의거할 기준

그래서 나는 어제 외롭지 않았다.

─태평양에서

1950년의 만가[5]

불안한 언덕 위에로

나는 바람에 날려간다

헤아릴 수 없는 참혹한 기억 속으로

나는 죽어간다

아 행복에서 차단된

지폐처럼 더럽힌 여름의 호반

석양처럼 타올랐던 나의 욕망과

예절 있는 숙녀들은 어데로 갔나

불안한 언덕에서

나는 음영처럼 쓰러져간다

무거운 고뇌에서 단순으로

나는 죽어간다

---

5) 상엿소리(상여꾼들이 상여를 메고 가면서 부르는 구슬픈 소리).

지금은 망각의 시간
서로 위기의 인식과 우애를 나누었던
아름다운 연대(年代)를 회상하면서
나는 하나의 모멸의 개념처럼 죽어간다

▶▶▶『경향신문』(1950.05.16)

1953년의 여자에게

유행은 섭섭하게도
여자들에게서 떠났다.
왜?
그것은 스스로의 기원을 찾기 위하여

어떠한 날
구름과 환상의 접경을 더듬으며
여자들은
불길한 옷자락을 벗어버린다.

회상의 푸른 물결처럼
고독은 세월에 살고
혼자서 흐느끼는
해변의 여신과도 같이

여자들은 완전한 시간을 본다.

황막한 연대여
거품과 같은 허영이여
그것은 깨어진 거울의 여윈 인상.

필요한 것과
소모의 비례(比例)를 위하여
전쟁은 여자들의 눈을 감시한다.
코르셋6)으로 침해된 건강은
또한 유행은 정신의 방향을 봉쇄한다.

---

6) corset. 배와 허리의 맵시를 위해 배에서 엉덩이에 걸쳐 받쳐 입는 여자
속옷. 〈의학〉 정형외과에서 쓰는 의료 기구. 환부를 고정, 안정, 변형 교정시키
고 척추나 골반을 고정하는 데 쓴다.

여기서 최후의 길손을 바라볼 때

허약한 바늘처럼

바람에 쓰러지는

무수한 육체

그것은 카인[7]의 정부(情婦)[8]보다

사나운 독을 풍긴다.

출발도 없이

종말도 없이

생명은 부질하게도

여자들에게서 어둠처럼 떠나는 것이다.

---

7) 구약성경 〈창세기〉에 나오는 아담과 하와의 맏아들.
8) 아내가 아니면서, 정을 두고 깊이 사귀는 여자.

왜?

그것을 대답하기에는

너무도 준열한 사회가 있었다.

3·1절의 노래

즐겁게 3·1절을 노래했던 해부터 지금 10년이 지났다
독립이 있었고
눈보라 치던 피난을 겪으며
곤란과 서러움의 10년이 지났다.

변함없이 푸르른 하늘
그때의 사람과
그때의 깃발을
하늘은 잊지 않는다.
아니 내 아버지와 내 가슴에
저항의 피가 흐른다.

지금 우리는 소리 없이 노래 부른다
노래를 부르지 않아도 좋다.

그것은 무거웁게 민족의 마음에
간직되어 있고

우리는 또한 싸움의 10년을 보냈다.
우리는 보지 못했어도
저 하늘은 선열의 주검을 보았고
그때의 태양은
지금의 태양

3월 초하루가 온다.
맑은 하늘과 우리의 마음에
독립과 자유를 절규하던
그리운 날이 온다.

▶▶▶『아리랑』(1957.04)

5월의 바람

그 바람은
세월을 알리고

그 바람은
내가 쓸쓸할 때 불어온다

그 바람은
나에게 젊음을 가르치고

그 바람은
봄이 떠나는 것을 말한다

그 바람은
눈물과 즐거움을 갖고 있다

그 바람은
5월의 바람

▶▶▶『학원』(1956.05)

가을의 유혹

가을은 내 마음에
유혹의 길을 가리킨다
숙녀들과 바람의 이야기를 하면
가을은 다정한 피리를 불면서
회상의 풍경을 지나가는 것이다.

전쟁이 길게 머무른 서울의 노대(露臺)9)에서
나는 모딜리아니10)의 화첩을 뒤적거리며
정막한 하나의 생애의 한시름을
찾아보는 것이다

---

9) 공연이나 행사 따위를 위해 지붕이 없이 판자만 깔아 만든 무대.
10) Amedeo Modigliani(1884~1920). 초기에는 인상파의 영향을 받았으며, 후기에는 독자적인 양식을 확립했다는 고독한 영혼의 화가로 초상화와 나부상(裸婦像)을 많이 그렸다. 대표작으로 〈옆으로 누운 나부〉, 〈꽃 피는 여인〉 등이 있다.

그러한 순간
가을은 청춘의 그림자처럼 또는
낙엽모양 나의 발목을 끌고

즐겁고 어두운 사념의 세계로 가는 것이다.
즐겁고 어두운 가을의 이야기를 할 때
목 메인 소리로 나는 사랑의 말을 한다
그것은 폐원(廢院)11)에 있던 벤치에 앉아
고갈된 분수를 바라보며
지금은 죽은 소녀의 팔목을 잡던 것과 같이
쓸쓸한 옛날의 일이며
여름은 느리고 인생은 가고

---

11) 학원이나 병원 등의 기관이 더 이상 운영되지 않음.

가을은 또다시 오는 것이다.

회색 양복과 목관악기는 어울리지 않는다
그저 목을 늘어뜨리고
눈을 감으면
가을의 유혹은 나로 하여금 잊을 수 없는
사랑의 사람으로 한다
눈물 젖은 눈동자로 앞을 바라보면
인간이 매몰될 낙엽이
바람에 날리어 나의 주변을 휘돌고 있다.

▶▶▶『목마와 숙녀』(근역서재, 1976)

거리

나의 시간에 스콜[12]과 같은 슬픔이 있다
붉은 지붕 밑으로 향수(鄕愁)가 광선을 따라가고
한없이 아름다운 계절이
운하의 물결에 씻겨 갔다

아무 말도 하지 말고
지나간 날의 동화를 운율에 맞춰
거리에 화액(花液)[13]을 뿌리자
따뜻한 풀잎은 젊은 너의 탄력같이
밤을 지구 밖으로 끌고 간다
지금 그곳에는 코코아의 시장이 있고

---

12) squal. 열대 지방에서 대류에 의해 나타나는 거센 소나기. 강풍, 천둥, 번개
   등을 수반하는 경우가 많다.
13) 꽃의 진액.

과실(果實)처럼 기억만을 아는 너의 음향이 들린다
소년들은 뒷골목을 지나 교회에 몸을 감춘다
아세틸렌14) 냄새는 내가 가는 곳마다
음영같이 따른다.

거리는 매일 맥박을 닮아갔다
베링 해안15) 같은 나의 마을이

떨어지는 꽃을 그리워한다

---

14) acetylene. 탄화칼슘에 물을 부으면 생기는 무색의 가연성 기체. 독성이
   강하고, 불순물을 함유하고 있는 것은 특별한 냄새가 있으나, 순한 것은 좋은
   냄새가 나며, 탈 때 높은 열과 밝은 빛을 낸다. 조명, 용접, 유기 화합물의
   합성 원료로 쓴다.
15) Bering海. 태평양 북부의 캄차카반도, 알래스카반도 및 알류샨열도에 둘러싸
   인 해역.

황혼처럼 장식한 여인들은 언덕을 지나
바다로 가는 거리를 순백한 식장(式場)으로 만든다

전정(戰庭)16)의 수목 같은 나의 가슴은
베고니아17)를 끼어안고 기류 속을 나온다
망원경으로 보던 수만의 미소를 회색 외투에
싸아
얼은 크리스마스의 밤길로 걸어 보내자

(1946.12)

▶▶▶『목마와 숙녀』(근역서재, 1976)

---

16) 전쟁터.
17) begonia. 베고니아과의 원예 화초.

검은 강

신이란 이름으로서
우리는 최종의 노정을 찾아보았다.

어느 날 역전에서 들려오는
군대의 합창을 귀에 받으며
우리는 죽으러 가는 자와는
반대 방향의 열차에 앉아
정욕처럼 피폐한 소설에 눈을 흘겼다.

지금 바람처럼 교차하는 지대
거기엔 일체의 불순한 욕망이 반사되고
농부의 아들은 표정도 없이
폭음과 초연이 가득 찬
생과 사의 경지에 떠난다.

달은 정막보다도 더욱 처량하다.
멀리 우리의 시선을 집중한
인간의 피로 이루운

자유의 성채
그것은 우리와 같이 퇴각하는 자와는 관련이 없었다.

신이란 이름으로서
우리는 저 달 속에
암담한 검은 강이 흐르는 것을 보았다.

검은 신이여

저 묘지에서 우는 사람은 누구입니까.

저 파괴된 건물에서 나오는 사람은 누구입니까.

검은 바다에서 연기처럼 꺼진 것은 무엇입니까.

인간의 내부에서 사멸된 것은 무엇입니까.

일 년이 끝나고 그 다음에 시작되는 것은 무엇입니까.

전쟁이 뺏어간 나의 친우는 어디서 만날 수 있습니까.

슬픔 대신에 나에게 죽음을 주시오.

인간을 대신하여 세상을 풍설로 뒤덮어주시오.

건물과 창백한 묘지 있던 자리에

꽃이 피지 않도록.

하루의 일 년의 전쟁의 처참한 추억은
검은 신이여
그것은 당신의 주제(主題)일 것입니다.

고르키¹⁸⁾의 달밤

기복(起伏)¹⁹⁾하던
청춘의 산맥은
파도 소리처럼 멀어졌다

바다를 헤쳐 나온 북서풍
죽음의 거리에서 헤매는
내 성격을 또다시 차디차게 한다

이러한 시간이라도
산간에서 남모르게 솟아나온
샘물은

---

18) Gor'kii. 러시아의 볼가강 상류에 있는 공업도시로 니즈니보브고로드의 전
     이름이다.
19) 기세가 높아졌다 낮아졌다 함.

왼쪽 바다
황해로만 기울어진다

소낙비가 음향처럼 흘러간 다음
지금은 조용한
고르키의 달밤

오막살이를 뛰어나온
파펠들의 해머는
눈을 가로막은 안개를 부순다

새벽이 가까웠을 때
해변에는
발자국만이 남아 있었다

정박한 기선은 군대를 끌고
포탄처럼
내 가슴을 뚫고 떠났다

고향에 가서

갈대만이 한없이 무성한 토지가
지금은 내 고향.

산과 강물은 어느 날의 회화(繪畫)
피 묻은 전신주 위에
태극기 또는 작업모가 걸렸다.

학교도 군청도 내 집도
무수한 포탄의 작렬과 함께
세상엔 없다.

인간이 사라진 고독한 신의 토지
거기 나는 동상처럼 서 있었다.
내 귓전엔 싸늘한 바람이 설레이고

그림자는 망령과도 같이 무섭다.

어려서 그땐 확실히 평화로웠다.
운동장을 뛰다니며

미래와 살던 나와 내 동무들은
지금은 없고
연기 한 줄기 나지 않는다.

황혼 속으로
감상 속으로
차는 달린다.
가슴속에 흐느끼는 갈대의 소리
그것은 비창(悲愴)[20]한 합창과도 같다.

밝은 달빛
은하수와 토끼
고향은 어려서 노래 부르던
그것뿐이다.

비 내리는 사경(斜傾)[21]의 십자가와
아메리카 공병(工兵)이
나에게 손짓을 해준다.

20) 마음이 몹시 상하고 슬픔.
21) 한쪽으로 비스듬하게 기울어짐.

구름

어린 생각이 부서진 하늘에
어머니 구름 적은 구름들이
사나운 바람을 벗어난다.

밤비는
구름의 층계를 뛰어내려
우리에게 봄을 알려주고

모든 것이 생명을 찾았을 때
달빛은 구름 사이로
지상의 행복을 빌어주었다.

새벽 문을 여니
안개보다 따스한 호흡으로

나를 안아주던 구름이여
시간은 흘러가
네 모습은 또다시 하늘에
어느 곳에서도 바라볼 수 있는

우리의 전형
서로 손잡고 모이면
크게 한몸이 되어
산다는 괴로움으로 흘러가는 구름
그러나 자유 속에서
아름다운 석양 옆에서
헤매는 것이
얼마나 좋으니

기적인 현대

장미는 강가에 핀 나의 이름
집 집 굴뚝에서 솟아나는 문명의 안개
'시인' 가없은 곤충이여
너의 울음이 도시에 들린다.

오래토록 네 욕망은 사라진 회화(繪畵)
무성한 잡초원에서
환영(幻影)과 애정과 비벼대던
그 연대(年代)의 이름도
허망한 어제 밤 버러지.

사랑은 조각(彫刻)에 나타난 추억
이녕(泥濘)22)과 작별의 여로에서
기대었던 수목은 썩어지고

전신(電信)처럼 가벼웁고 재빠른
불안한 속력은 어데서 오나

침묵의 공포와 눈짓하던
그 무렵의 나의 운명은
기적인
동양의 하늘을 헤매고 있다.

---

22) 진창(땅이 질어서 질퍽질퍽하게 된 곳).

나의 생애에 흐르는 시간들

나의 생애에 흐르는 시간들
가느다란 일 년의 안젤루스[23]

어두워지면 길목에서 울었다
사랑하는 사람과

숲속에서 들리는 목소리
그의 얼굴은 죽은 시인이었다

늙은 언덕 밑
피로한 계절과 부서진 악기

_____

23) Angelus. 가톨릭에서 '삼종 기도' 또는 '삼종 기도'를 알리는 종.

모이면 지난날을 이야기한다
누구나 저만이 슬프다고

가난을 등지고 노래도 잃은
안개 속으로 들어간 사람아

이렇게 밝은 밤이면
빛나는 수목(樹木)이 그립다

바람이 찾아와 문은 열리고
찬 눈은 가슴에 떨어진다

힘없이 반항하던 나는
겨울이라 떠나지 못하겠다

밤 새우는 가로등
무엇을 기다리나

나도 서 있다
무한한 과실만 먹고

낙하

미끄럼판에서
나는 고독한 아킬레스처럼
불안의 깃발 날리는
땅 위에 떨어졌다
머리 위의 별을 헤아리면서

그 후 20년
나는 운명의 공원 뒷담 밑으로
영속된 죄의 그림자를 따랐다.

아 영원히 반복되는
미끄럼판의 승강(昇降)
친근에의 증오와 또한
불행과 비참과 굴욕에의 반항도 잊고

연기 흐르는 쪽으로 달려가면
오욕의 지난날이 나를 더욱 괴롭힐 뿐.

멀리선 회색 사면(斜面)[24]과
불안한 밤의 전쟁
인류의 상흔과 고뇌만이 늘고
아무도 인식치 못할
망각의 이 지상에서
더욱 더욱 가라앉아 간다.

처음 미끄럼판에서
내려 달린 쾌감도

---

24) 경사 진 평면이나 지면을 수평면에 상대하여 이르는 말. 비탈, 비탈면.

미지의 숲속을
나의 청춘과 도주하던 시간도
나의 낙하하는
비극의 그늘에 있다.

남풍

거북이처럼 괴로운 세월이
바다에서 올라온다

일찍이 의복을 빼앗긴 토민(土民)[25]
태양 없는 마레[26] ―

너의 사랑이 백인(白人)의 고무원(園)에서
소형(素馨)[27]처럼 곱게 시들어졌다

민족의 운명이
크메르[28] 신의 영광과 함께 사는

---

25) 토착민(대대로 그 땅에서 살고 있는 백성).
26) '마루(집채 안에 바닥과 사이를 띄우고 깐 널빤지)'의 전남 방언.
27) 말리(茉莉, 물푸레나무과의 상록 관목).
28) '캄보디아(동남아시아의 인도차이나반도 동남부에 있는 공화국)'의 옛 이름.

앙코르와트29)의 나라
월남인민군
멀리 이 땅에도 들려오는
너희들의 항쟁의 총소리

가슴 부서질 듯 남풍이 분다
계절이 바뀌면 태풍은 온다

아시아 모든 위도(緯度)30)
잠든 사람이여
귀를 기울여라

---

29) Angkor Wat. 캄보디아 서북부에 있는 돌로 만든 사원. 12세기 초 건설한
    왕실 사원으로 탑과 조각은 크메르 미술을 대표한다. 신에게 제사를 지내던
    곳이다.
30) 지구 위의 위치를 나타내는 좌표축 중 가로로 된 선.

눈을 뜨면
남방(南方)의 향기가
가난한 가슴팍으로 스며든다

눈을 뜨고도

우리들의 섬세한 추억에 관하여
확신할 수 있는 잠시
눈을 뜨고도
볼 수 없는 상태는 어찌할 수가 없었다.

진눈깨비처럼 아니
이지러진 사랑의 환영처럼
빛나면서도
암흑처럼 다가오는
오늘의 공포
거기 나의 기묘한 청춘은 자고
세월은 간다.

녹슬은 흉부에

잔잔한 물결에 회상과 회한은 없다.

푸른 하늘가를
기나긴 하계(夏季)의 비는 내렸다.

겨레와 울던 감상(感傷)의 날도
진실로
눈을 뜨고도 볼 수 없는 상태
우리는 결코
맹목의 시대에 살고 있는 것인가.
시력(視力)은 복종의 그늘을 찾고 있는 것인가.

지금 우수에 잠긴 현창(舷窓)31)에 기대어
살아 있는 자의 선택과

죽어간 놈의 침묵처럼

보이지는 않으나 관능과 의지의

믿음만을 원하며

목을 굽히는 우리들

오 인간의 가치와

조용한 지면(地面)에 파묻힌 사자(死者)들.

또 하나의 환상과

나의 불길한 혐오

참으로 조소(嘲笑)32)로운 인간의 주검과

눈을 뜨고도

---

31) 채광과 통풍을 위해 뱃전에 낸 창문.
32) 비웃음(흉을 보듯이 빈정거리거나 업신여기는 일).

볼 수 없는 상태
얼마나 무서운 치욕이냐.
단지 존재와 부재의 사이에서.

다리 위의 사람

다리 위의 사람은
애증과 부채를 자기 나라에 남기고
암벽에 부딪히는 파도 소리에 놀라
바늘과 같은 손가락은
난간을 쥐었다.
차디찬 철의 고체(固體)
쓰디쓴 눈물을 마시며
혼란된 의식에 가라앉아버리는
다리 위의 사람은
긴 항로 끝에 이르른 정막한 토지에서
신의 이름을 부른다.

그가 살아오는 동안
풍파와 고절은 그칠 줄 몰랐고

오랜 세월을 두고
DECEPTION PASS[33])에도
비와 눈이 내렸다.

또다시 헤어질 숙명이기에
만나야만 되는 것과 같이
지금 다리 위의 사람은
로사리오[34]) 해협에서 불어오는
처량한 바람을 잊으려고 한다.
잊으려고 할 때 두 눈을 가로막는
새로운 불안

---

33) 디셉션 수로. 미국 워싱턴 주 북서부에 있는 피달고섬(Fidalgo Island)과
휘드비섬(Whidbey Island)을 분리하는 해협이다.
34) Rosario. 아르헨티나의 중부 파라나강 하류에 있는 항구 도시.

화끈거리는 머리
절벽 밑으로 그의 의식은 떨어진다.

태양이 레몬과 같이 물결에 흔들거리고
주립공원 하늘에는
에메랄드처럼 빤짝거리는 기계가 간다.
변함없이 다리 아래 물이 흐른다

절망된 사람의 피와도 같이
파란 물이 흐른다
다리 위의 사람은
흔들리는 발걸음을 걷잡을 수가 없었다.

—아나코테스[35]에서

---

35) 미국 워싱턴주 스카짓카운티에 있는 도시.

목마와 숙녀36)

한 잔의 술을 마시고

우리는 버지니아 울프37)의 생애와

목마를 타고 떠난 숙녀의 옷자락을 이야기한다

목마는 주인을 버리고 거저 방울 소리만 울리며

가을 속으로 떠났다 술병에서 별이 떨어진다

상심한 별은 내 가슴에 가벼웁게 부서진다

그러한 잠시 내가 알던 소녀는

정원의 초목 옆에서 자라고

문학이 죽고 인생이 죽고

사랑의 진리마저 애증의 그림자를 버릴 때

---

36) 1976년 근역서재(槿域書齋)에서 발간된 박인환(朴仁煥)의 20주기 기념시집 (A5판, 194쪽)으로 시집 표제이며, 시 제목이다.

37) Adeline Virginia Woolf(1882~1941)는 영국의 여류소설가이자 비평가이 다. 20세기 모더니즘의 대표적 작가이며, '의식의 흐름' 장르를 탄생시키고 완성한 작가 중 한 사람이다.

목마를 탄 사랑의 사람은 보이지 않는다
세월은 가고 오는 것
한때는 고립을 피하여 시들어가고
이제 우리는 작별하여야 한다
술병이 바람에 쓰러지는 소리를 들으며
늙은 여류작가의 눈을 바라다보아야 한다
……등대에……
불이 보이지 않아도
거저 간직한 페시미즘[38]의 미래를 위하여
우리는 처량한 목마 소리를 기억하여야 한다
모든 것이 떠나든 죽든
거저 가슴에 남은 희미한 의식을 붙잡고

---

38) pessimism. 염세주의 또는 비관주의로 번역된다. 세상이나 인생에 실망하여
이를 싫어하는 생각.

우리는 버지니아 울프의 서러운 이야기를 들어야 한다
두 개의 바위 틈을 지나 청춘을 찾은 뱀과 같이
눈을 뜨고 한 잔의 술을 마셔야 한다.
인생은 외롭지도 않고
거저 잡지의 표지처럼 통속하거늘
한탄할 그 무엇이 무서워서 우리는 떠나는 것일까
목마는 하늘에 있고
방울 소리는 귓전에 철렁거리는데
가을 바람소리는
내 쓰러진 술병 속에서 목 메어 우는데

무도회

연기(煙氣)와 여자들 틈에 끼여
나는 무도회에 나갔다.

밤이 새도록 나는 광란의 춤을 추었다.
어떤 시체를 안고.

황제는 불안한 샹들리에[39]와 함께 있었고
모든 물체는 회전하였다.

눈을 뜨니 운하는 흘렀다.
술보다 더욱 진한 피가 흘렀다.

---

39) chandelier. 천장에 매달아 놓은 여러 개의 가지가 달린 방사형 모양의 등.
　　가지 끝마다 불을 켜는데, 예전에는 촛불이나 가스등을 켰으나 지금은 주로
　　전등을 켠다.

이 시간 전쟁은 나와 관련이 없다.
광란된 의식과 불모의 육체······ 그리고
일방적인 대화로 충만된 나의 무도회.

나는 더욱 밤 속에 가라앉아간다.
석고의 여자를 힘 있게 껴안고

새벽에 돌아가는 길 나는 내 친우가
전사한 통지를 받았다.

문제되는 것

─허무의 작가 김광주[40]에게

평범한 풍경 속으로

손을 뻗치면

거기서 길게 설레이는

문제되는 것을 발견하였다.

죽는 즐거움보다도

나는 살아나가는 괴로움에

그 문제되는 것이

틀림없이 실재되어 있고 또한 그것은

나와 내 그림자 속에

넘쳐흐르고 있는 것을 알았다.

---

40) 金光洲(1910~1973). 경기도 수원 출신으로 『문화시보』·『예술조선』 등의 창간에 관여했고, 경향신문 문화부장으로 재직하면서 활발한 작품활동을 한 소설가이다. 대표작으로는 단편소설 「남경로(南京路)의 창공(蒼空)」과 장편소설 『장미의 침실』·『흑백(黑白)』 등이 있다.

이 암흑의 세상에 허다한 그것들이
산재되어 있고
나는 또한 어두움을 찾아 걸어갔다.

아침이면
누구도 알지 못하는 나만의 비밀이
내 피곤한 발걸음을 최촉(催促)[41]하였고

세계의 낙원이었던
대학의 정문은
지금 총칼로 무장되었다.

---

41) 재촉(어떤 일을 빨리 하도록 조름).

목수꾼 정치가여
너의 얼굴은 황혼처럼 고웁다
옛날 그 이름 모르는 토지에 태어나
굴욕과 권태로운 영상에 속아가며
네가 바란 것은 무엇이었더냐

문제되는 것
평범한 죽음 옆에서
한없이 우리를 괴롭히는 것

나는 내 젊음의 절망과
이 처참이 이어주는 생명과 함께
문제되는 것만이
군집되어 있는 것을 알았다.

미래의 창부(娼婦)

—새로운 신에게

여윈 목소리로 바람과 함께
우리는 내일을 약속치 않는다.
승객이 사라진 열차 안에서
오 그대 미래의 창부여
너의 희망은 나의 오해와
감흥(感興)만이다.

전쟁이 머물은 정원에
설레이며 다가드는
불운한 편력의 사람들
그 속에 나의 청춘이 자고
절망이 살던
오 그대 미래의 창부여
너의 욕망은

나의 질투와 발광만이다.

향기 짙은 젖가슴을

총알로 구멍 내고

암흑의 지도(地圖) 고절된 치마 끝을

피와 눈물과

최후의 생명으로 이끌며

오 그대 미래의 창부여

너의 목표는 나의 무덤인가.

너의 종말도 영원한 과거인가.

미스터 모(某)의 생과 사

입술에 피를 바르고
미스터 모는 죽는다.

어두운 표본실에서
그의 생존시의 기억은
　　　미스터 모의 여행을
　　　기다리고 있었다.

원인도 없이
유산은 더욱 없이
미스터 모는 생과 작별하는 것이다.

일상이 그러한 것과 같이
주검은 친우와도 같이

다정스러웠다.

미스터 모의 생과 사는
신문이나 잡지의 대상이 못 된다.

오직 유식한 의학도의
일편의 소재로서
해부의 대(臺)에 그 여운을 남긴다.

무수한 촉광 아래
상흔은 확대되고
미스터 모는 죄가 많았다.
그의 청순한 아내
지금 행복은 의식의 중간을 흐르고 있다.

결코

평범한 그의 죽음을 비극이라 부를 수 없었다.

산산이 찢어진 불행과

결합된 생과 사와

이러한 고독의 존립을 피하며

미스터 모는

영원히 미소하는 심상을

손쉽게 잡을 수가 있었다.

밤의 노래

정막한 가운데
인광처럼 비치는 무수한 눈
암흑의 지평은
자유에의 경계(境界)를 만든다.

사랑은 주검의 사면(斜面)으로 달리고
취약하게 조직된
나의 내면은
지금은 고독한 술병

밤은 이 어두운 밤은
안테나로 형성되었다.
구름과 감정의 경위도(經緯度)42)에서
나는 영원히 약속될

미래에의 절망에 관하여 이야기도 하였다.

또한 끝없이 들려오는 불안한 파장
내가 아는 단어와
나의 평범한 의식은
밝아올 날의 영역으로
위태롭게 인접되어 간다.

가느다란 노래도 없이
길목에선 갈대가 죽고
욱어진 이신(異神)43) 의 날개들이
깊은 밤

---

42) 경도와 위도를 통칭하는 말.
43) 다른 귀신, 또는 특별한 귀신

저 기아(飢餓)[44)의 별을 향하여 작별한다.

고막을 깨뜨릴 듯이
달려오는 전파
그것이 가끔 교회의 종소리에 합쳐
선을 그리며
내 가슴의 운석에 가라앉아버린다.

---

44) 굶주림(먹을 것 없어 배를 곯는 것).

밤의 미매장(未埋葬)

―우리들을 괴롭히는 것은 주검이 아니라 장례식이다

당신과 내일부터는 만나지 맙시다.

나는 다음에 오는 시간부터는 인간의 가족이 아닙니다.

왜 그러할 것인지 모르나

지금처럼 행복해서는

조금 전처럼 착각이 생겨서는

다음부터는 피가 마르고 눈은 감길 것입니다.

사랑하는 당신의 침대 위에서

내가 바랄 것이란 나의 비참이 연속되었던

수없는 음영의 연월(年月)이

이 행복의 순간처럼 속히 끝나줄 것입니다.

……뇌우 속의 천사

그가 피를 토하며 알려주는 나의 위치는

광막한 황지에 세워진 궁전보다도 더욱 꿈 같고

나의 편력처럼 애처롭다는 것입니다.

사랑하는 당신의 부드러운 젖과 가슴을 내 품안에 안고
나는 당신이 죽는 곳에서 내가 살며
내가 죽는 곳에서 당신의 출발이 시작된다고……
황홀히 생각합니다.
그리고 저기 무지개처럼 허공에 그려진
감촉과 향기만이 짙었던 청춘의 날을 바라봅니다.

당신은 나의 품속에서 신비와 아름다운 육체를
숨김없이 보이며 잠이 들었습니다.
불멸의 생명과 나의 사랑을 대치하셨습니다.
호흡이 끊긴 불행한 천사……
당신은 빙화(氷花)45)처럼 차가우면서도

아름답게 행복의 어두움 속으로 떠나셨습니다.
고독과 함께 남아 있는 나와

희미한 감응(感應)의 시간과는 이젠 헤어집니다.
장송곡을 연주하는 관악기모양
최종 열차의 기적이 정신을 두드립니다.
시체인 당신과
벌거벗은 나와의 사실을
불안한 지구(地區)에 남기고
모든 것은 물과 같이 사라집니다.

사랑하는 순수한 불행이여 비참이여 착각이여

---

45) 식물 등에 수분이 얼어붙어 흰꽃처럼 되는 현상.

결코 그대만은

언제까지나 나와 함께 있어주시오.

내가 의식하였던

감미(甘味)한 육체와 회색 사랑과

관능적인 시간은 참으로 짧았습니다.

잃어버린 것과

욕망에 살던 것은……

사랑의 자체(姿體)46)와 함께 소멸되었고

나는 다음에 오는 시간부터는 인간의 가족이 아닙니다.

영원한 밤

영원한 육체

영원한 밤의 미매장

---

46) 몸가짐(몸의 모양, 몸의 움직임).

나는 이국의 여행자처럼

무덤에 핀 차가운 흑장미를 가슴에 답니다.

그리고 불안과 공포에 펄떡이는

사자(死者)⁴⁷⁾의 의상을 몸에 휘감고

바다와 같은 묘망(渺茫)⁴⁸⁾한 암흑 속으로 뒤돌아갑니다.

허나 당신은 나의 품안에서 의식은 회복치 못합니다.

---

47) 죽은 사람.
48) 넓고 멀어서 바라보기에 아득함.

벽

그것은 분명히 어제의 것이다.
나와는 관련이 없는 것이다.
우리들이 헤어질 때에
그것은 너무도 무정하였다.

하루 종일 나는 그것과 만난다.
피하면 피할수록
더욱 접근하는 것
그것은 너무도 불길(不吉)을 상징하고 있다
옛날 그 위에 명화가 그려졌다 하여
즐거워하던 예술가들은
모조리 죽었다.

지금 거기엔 파리와

아무도 읽지 않고
아무도 바라보지 않는
격문과 정치 포스터가 붙어 있을 뿐
나와는 아무 인연이 없다.

그것은 감성도 이성도 잃은
멸망의 그림자
그것은 문명과 진화를 장해하는
사탄의 사도
나는 그것이 보기 싫다.
그것이 밤낮으로
나를 가로막기 때문에
나는 한 점의 피도 없이
말라버리고

여왕이 부르시는 노래와
나의 이름도 듣지 못한다.

봄 이야기

농부가 술을 마실 때 나무에서 새가 날았다.
봄날. 언젠가 사나운 겨울이 가고 봄은 왔단다.
사랑이 싹트고 웃음이 우거지는 전원.
조마사(調馬師)49)와 수녀.
풍경 속에서 종이 울린다.

주장(酒場)50)의 작부와 손을 맞잡고
꽃 이야기는 어울리지 않는다. 그저
옛날이 아니면 내일의 거짓말을 하면서
이 날을 보내는 것이다.

술을 마시고 나면 아무에게나 인사해도 좋다.

---

49) 말을 길들이는 일을 직업으로 하는 사람.
50) 술도가(술을 만들어 도매하는 집). 술 파는 곳. 술자리(술을 마시며 노는 자리).

산과 강물은 푸르고 인생은 젊었다.
농부의 말은 숲속으로 달아나고
옷 벗은 수녀는 수치를 모른다.

황혼. 연지와 같이 고운 하늘은 멀다.
물방아는 돌고 바람은 가슴을 찌른다.

그럴 때 새가 재잘거리는 것처럼
사람들은 휘파람에 맞추어 노래한다.
……봄은 진정 즐거운 것인가……고.

교회의 종소리가 어두움을 알린다.

▶▶▶『아리랑』(1955.04)

봄은 왔노라

겨울의 괴로움에 살던 인생은 기다릴 수 있었다
마음이 아프고 세월은 가도 우리는 3월을 기다렸노라.

사랑의 물결처럼
출렁거리며 인생의 허전한 마음을 슬기로운
태양만이 빛내주노라.

전화(戰火)51)에 사라진
우리들의 터전에
페르스 네즈52)의 꽃은 피려니
'세계가 꿈이 되고 꿈이 세계가 되는'
줄기찬 봄은 왔노라.

---

51) 전쟁. 병화(전쟁으로 인한 화재).
52) perce-neige. 겨울에 흰색 꽃과 함께 피는 고산지대 식물 중 하나이다.

어두운 밤과 같은
고독에서 마음을
슬프게 피로시키던 겨울은
울음 소리와 함께 그치고

단조로운 소녀의
노래와도 같이

그립던 평화의 날과도 같이

인생의 새로운 봄은 왔노라.

▶▶▶『신태양』(1954.03)

부드러운 목소리로 이야기할 때

나는 언제나 샘물처럼 흐르는
그러한 인생의 복판에 서서
전쟁이나 금전이나 나를 괴롭히는 물상(物象)과
부드러운 목소리로 이야기할 때
한줄기 소낙비는 나의 얼굴을 적신다.

진정코 내가 바라던 하늘과 그 계절은
푸르고 맑은 내 가슴을 눈물로 스치고
한때 청춘과 바꾼 반항도
이젠 서적처럼 불타버렸다.

가고 오는 그러한 제상(諸相)53)과 평범 속에서

---

53) 여러 가지 모양.

술과 어지러움을 한(恨)하는 나는
어느 해 여름처럼 공포에 시달려
지금은 하염없이 죽는다.

사라진 일체의 나의 애욕아
지금 형태도 없이 정신을 잃고
이 쓸쓸한 들판
아니 이지러진 길목 처마 끝에서
부드러운 목소리로 이야기한들
우리들 또 다시 살아나갈 것인가.

정막처럼 잔잔한
그러한 인생의 복판에 서서
여러 남녀와 군인과 또는 학생과

이처럼 쇠퇴(衰頹)한 철없는 시인이
불안이다 또는 황폐롭다
부드러운 목소리로 이야기한들
광막한 나와 그대들의 기나긴 종말의 노정은
예나 지금이나 변함없노라.

오 난해한 세계
복잡한 생활 속에서
이처럼 알기 쉬운 몇 줄의 시와
말라버린 나의 쓰디쓴 기억을 위하여

전쟁이나 사나운 애정을 잊고
넓고도 간혹 좁은 인간의 단상에 서서
내가 부드러운 목소리로 이야기할 때

우리는 서로 만난 것을 탓할 것인가
우리는 서로 헤어질 것을 원할 것인가.

불신의 사람

나는 바람이 길게 멈출 때
항구의 등불과
그 위대한 의지의 설움이
불멸의 씨를 뿌리는 것을 보았다.

폐에 밀려드는 싸늘한 물결처럼
불신의 사람과 망각의 잠을 이룬다.
피와 외로운 세월과
투영되는 일체의 환상과
시보다도 더욱 가난한 사랑과
떠나는 행복과 같이
속삭이는 바람과
오 공동묘지에서 퍼덕이는
시발과 종말의 깃발과

지금 밀폐된 이런 세계에서
권태롭게
우리는 무엇을 이야기하는가.

등불이 꺼진 항구에
마지막 조용한 의지의 비는 나리고
내 불신의 사람은 오지 않았다.
내 불신의 사람은 오지 않았다.

불행한 상송

산업은행 유리창 밑으로
대륙의 시민이 프롬나드[54]하던 지난 해 겨울
전쟁을 피해 온 여인은
총소리가 들리지 않는 과거로
수태하며 뛰어다녔다.

폭풍의 뮤즈는 등화관제 속에
고요히 잠들고
이 밤 대륙은 한 개 과실처럼
대리석 위에 떨어졌다.

짓밟힌 나의 우월감이여

---

54) promenade. 거닐기, 산책.

시민들은 한 사람 한 사람이 '데모스테네스'[55]
정치의 연출가는 도망한
아를캥[56]을 찾으러 돌아다닌다.

시장(市長)의 조마사(調馬師)는
밤에 가장 가까운 저택때

웅계(雄鷄)[57]가 노래하는 블루스에 화합되어
평행 면체의 도시계획을
코스모스가 피는 한촌으로 안내하였다.

---

55) Demosthenes(B.C.384~B.C.322?). 고대 그리스의 웅변가이자 정치가.
56) 이탈리아 희극에 등장하는 '울긋불긋한 옷을 입은 익살꾼'으로서, 피카소의
    〈아를캥과 그 가족〉이란 그림으로 널리 알려져 있다.
57) 수탉(닭의 수컷).

의상점에 신화(神化)한 마네킹
저 기적(汽笛)은 Express for Mukden
마로니에는 창공에 동결되고
기적(汽笛)처럼 사라지는 여인의 그림자는
재스민58)의 향기를 남겨주었다.

---

58) jasmine. 물푸레나뭇과 재스민속이 식물을 통칭하여 이르는 말.

불행한 신

오늘 나는 모든 욕망과
사물에 작별하였습니다.
그래서 더욱 친한 죽음과 가까워집니다.
과거는 무수한 내일에
잠이 들었습니다.
불행한 신
어데서나 나와 함께 사는
불행한 신
당신은 나와 단 둘이서
얼굴을 비벼대고 비밀을 터놓고
오해나
인간의 체험이나
고절(孤絶)59)된 의식에
후회치 않을 것입니다.

또 다시 우리는 결속되었습니다.

황제의 신하처럼 우리는 죽음을 약속합니다.

지금 저 광장의 전주(電柱)60)처럼 우리는 존재됩니다.

쉴 새 없이 내 귀에 울려오는 것은

불행한 신 당신이 부르시는

폭풍입니다.

그러나 허망한 천지 사이를

내가 있고 엄연히 주검이 가로놓이고

불행한 당신이 있으므로

나는 최후의 안정을 즐깁니다.

---

59) 외로움을 끊음.

60) 전봇대.

사랑의 Parabola[61]

어제의 날개는 망각 속으로 갔다.
부드러운 소리로 창을 두들기는 햇빛
바람과 공포를 넘고
밤에서 맨발로 오는 오늘의 사람아

떨리는 손으로 안개 낀 시간을 나는 지켰다.
희미한 등불을 던지고
열지 못할 가슴의 문을 부쉈다.

새벽처럼 지금 행복하다.
주위의 혈액은 살아 있는 인간의 진실로 흐르고
감정의 운하로 표류하던

---

61) 포물선.

나의 그림자는 지나간다.

내사랑아
너는 찬 기후에서 긴 행로를 시작했다. 그러므로
폭풍우도 서슴지 않고 참혹마저 무섭지 않다.

짧은 하루 허나
너와 나의 사랑의 포물선은
권력 없는 지구(地球) 끝으로
오늘의 위치의 연장선이
노래의 형식처럼 내일로
자유로운 내일로……

살아 있는 것이 있다면

"현재의 시간과 과거의 시간은 거의 모두가 미래의 시간 속에서 나타난다."(T. S. 엘리엇)

살아 있는 것이 있다면
그것은 나와 우리들의 죽음보다도
더한 냉혹하고 절실한
회상과 체험일지도 모른다.

살아 있는 것이 있다면
여러 차례의 살육에 복종한 생명보다도
더한 복수와 고독을 아는
고뇌와 저항일지도 모른다.

한 걸음 한 걸음 나는 허물어지는

정적과 초연(硝煙)62)의 도시 그 암흑 속으로……
명상과 또다시 오지 않을 영원한 내일로……
살아 있는 것이 있다면
유형(流刑)의 애인처럼 손잡기 위하여
이미 소멸된 청춘의 반역을 회상하면서
회의와 불안만이 다정스러운
모멸의 오늘을 살아 나간다.

……아 최후로 이 성자의 세계에
살아 있는 것이 있다면 분명히
그것은 속죄의 회화(繪畫) 속의 나녀(裸女)63)와
회상도 고뇌도 이제는 망령에게 팔은

---

62) 화약 연기.
63) 나체(아무 옷도 입지 않고 몸의 살을 다 드러낸 알몸 상태) 여자.

철없는 시인
나의 눈 감지 못한
단순한 상태의 시체일 것이다……

새로운 결의를 위하여

나의 나라 나의 마을 사람들은

아무 회한도 거리낌도 없이 거저

적의 침략을 쳐부수기 위하여

신부(新婦)와 그의 집을 뒤에 남기고

건조한 산악에서 싸웠다 그래서

그들의 운명은 노호(怒號)64)했다.

그들에겐 언제나 축복된 시간이 있었으나

최초의 피는 장미와 같이 가슴에서 흘렀다.

새로운 역사를 찾기 위한

오랜 침묵과 명상 그러나

죽은 자와 날개 없는 승리

이런 것을 나는 믿고 싶지가 않다.

---

64) 성내어 소리를 지름.

더욱 세월이 흘렀다고 하자
누가 그들을 기억할 것이냐.
단지 자유라는 것만이 남아 있는 거리와
용사의 마을에서는
신부는 늙고 아비 없는 어린것들은
풀과 같이
바람 속에서 자란다.

옛날이 아니라 거저 절실한 어제의 이야기
침략자는 아직도 살아 있고
싸우러 나간 사람은 돌아오지 않고
무거운 공포의 시대는 우리를 지배한다.
아 복종과 다름이 없는 지금의 시간

의의를 잃은 싸움의 보람
나의 분노와 남아 있는 인간의 설움은
하늘을 찌른다.

폐허와 배고픈 거리에는
지나간 싸움을 비웃듯이 비가 내리고
우리들은 울고 있다.
어찌하여?
소기의 것은 아무것도 얻지 못했다.
원수들은 아직도 살아 있지 않는가.

새벽 한 시의 시

대낮보다도 눈부신
포틀랜드의 밤거리에
단조로운 글렌 밀러[65]의 랩소디가 들린다.
쇼윈도에서 울고 있는 마네킹.

앞으로 남지 않은 나의 잠시를 위하여
기념이라고 진피즈[66]를 마시면
녹슬은 가슴과 뇌수에 차디찬 비가 내린다.

나는 돌아가도 친구들에게 얘기할 것이 없고나
유리로 만든 인간의 묘지와

---

65) Glenn Miller(1904~1944). 미국의 재즈 트롬본 연주자, 편곡자, 지휘자로
   재즈를 초기 미국 대중문화로 자리잡게 한 인물 중 하나이다. 악단을 결성하여
   색소폰과 브라스 진용을 교묘하게 배치한 신선한 감각의 연주로 유명했다.
66) gin fizz. 칵테일의 하나.

벽돌과 콘크리트 속에 있던
도시의 계곡에서
흐느껴 울었다는 것 외에는……

천사처럼
나를 매혹시키는 허영의 네온.
너에게는 안구(眼球)가 없고 정서가 없다.
여기선 인간이 생명을 노래하지 않고
침울한 상념만이 나를 구한다.

바람에 날려온 먼지와 같이
이 이국의 땅에선 나는 하나의 미생물이다.
아니 나는 바람에 날려와
새벽 한 시 기묘한 의식(意識)으로

그래도 좋았던
부식된 과거로
돌아가는 것이다.

　　　　　　　　　　　—포틀랜드에서

서부전선에서

─윤을수(尹乙洙) 신부(神父)67)에게

싸움이 다른 곳으로 이동한

이 작은 도시에

연기가 오른다.

종소리가 들린다.

희망의 내일이 오는가.

비참한 내일이 오는가.

아무도 확언하는 사람은 없었다.

67) 1907~1971. 1933년 7월 프랑스 파리대학에서 32살의 나이로「한국유교사론」이라는 논문으로 문학박사학위를 받은 한국 천주교회 첫 박사 사제이다. 대신학교 성신대학장으로 활동했으며, 전쟁과 구호활동을 폈으며, 1956년 11월 당시 경기도 소사에 한국 최초 사회사업전문학교인 구산후생학교를 설립하였다. 1957년에는 수도생활에 뜻 있는 이들을 모아 수도반을 만들었고, 1958년 6월 서울교구 소속 수도회로 인가를 받았으며, 인보성체수도회는 1960년 10월 1일 교황청의 정식 인가를 받는 등 한국의 수도회 창설의 기틀을 마련한 사제이다.

그러나 연기 나는 집에는
흩어진 가족이 모여들었고
비 내린 황톳길을 걸어
여러 성직자는 옛날 교구로 돌아왔다.

'신이여 우리의 미래를 약속하시오
회한과 불안에 얽매인 우리에게 행복을 주시오'
주민은 오직 이것만을 원한다.

군대는 북으로 북으로 갔다.
토막(土幕)에서도 웃음이 들린다.
비둘기들이 화창한
봄의 햇볕을 쪼인다.

서적과 풍경

서적은 황폐한 인간의 풍경에 광채를 띄웠다.
서적은 행복과 자유와 어떤 지혜를
인간에게 알려주었다.

지금은 살육의 시대
침해된 토지에서는 인간이 죽고
서적만이
한없는 역사를 이야기해 준다.

오래도록 사회가 성장하는 동안
활자는 기술과 행렬의 혼란을 이루었다.
바람에 퍼덕이는 여러 페이지들
그 사이에는
자유 불란서 공화국의 수립

영국의 산업혁명
F. 루즈벨트[68] 씨의 미소와 아울러
뉴기니아와 오키나와를 거쳐
전함 미주리호에 이르는 인류의 과정이
모두 가혹한 회상을 동반하며 나타나는 것이다.

내가 옛날 위대한 반항을 기도하였을 때
서적은 백주(白晝)의 장미와 같은
창연하고도 아름다운 풍경을
마음속에 그려주었다.
소련에서 돌아온 앙드레 지드[69] 씨

---

68) Franklin Delano Roosevelt(1882~1945). 미국의 제32대 대통령(재임 1933~1945)으로 미국 역사상 유일무이한 4선 대통령이다. 대공황을 극복하기 위해 뉴딜정책을 강력하게 추진하였다.
69) Andre Gide, Andre Paul Guillaume Gide(1869~1951). 문학의 여러

그는 진리와 존엄에 빛나는 얼굴로
자유는 인간의 풍경 속에서
가장 중요한 요소이며
우리는 영원한 '풍경'을 위해
자유를 옹호하자고 말하고
한국에서의 전쟁이 치열의 고조에
달하였을 적에
모멸과 연옥의 풍경을
응시하며 떠났다.

1951년의 서적

가능성을 실험한 프랑스 소설가이다. 1907년 『신프랑스 평론』지 주간의
한 사람으로 프랑스 문단에 20세기 문학의 진전에 지대한 공헌을 했으며,
1947년 『좁은 문』으로 노벨문학상을 수상했다.

나는 피로한 몸으로 백설을 밟고 가면서

이 암흑의 세대를 휩쓰는

또 하나의 전율이

어데 있는가를 탐지하였다.

오래도록 인간의 힘으로 인간인 때문에

위기에 봉착된 인간의 최후를

공산주의의 심연에서 구출코자

현대의 이방인 자유의 용사는

세계의 한촌 한국에서 죽는다.

스코틀랜드에서 애인과 작별한 R. 지미 군

잔 다르크의 전기를 쓴 페르디난드[70] 씨

태평양의 밀림과 여러 호소(湖沼)의 질병과 싸우고

---

70) Franz Ferdinand(1863~1914). 오스트리아의 황태자.

바타안71)과 코레히도르72)의 준열의 신화를

자랑하던 톰 미첨 군

이들은 한 사람이 아니다. 신의 제단에서

인류만의 과감한 행동과 분노로

사랑도 기도도 없이

무명고지 또는 무명계곡에서 죽었다.

나는 눈을 감는다

평화롭던 날 나의 서재에 군집했던

서적의 이름을 외운다

한 권 한 권이

---

71) 필리핀 북부의 주. 루손섬 남서부 마닐라만 서쪽에 있음. 제2차 세계대전 초기 미국·필리핀군의 방위 거점으로 일본군과 싸워 함락당한 곳이다.
72) 필리핀 루손섬 남쪽 마닐라만 입구 있음. 제2차 세계대전에는 미국과 일본의 싸움터였다.

인간처럼 개성이 있었고

죽어간 병사처럼 나에게 눈물과

불멸의 정신을 알려준 무수한 서적의 이름을……

이들은 모이면 인간이 살던

원야(原野)[73]와 산과 바다와 구름과 같은

인상의 풍경을 내 마음에 투영해 주는 것이다.

지금 싸움은 지속된다.

서적은 불타오른다.

그러나 서적과 인상의 풍경이여

너의 구원(久遠)한 이야기와 표정은 너만의 것이 아니다.

F. 루즈벨트 씨가 죽고

더글러스 맥아더[74]가 육지에 오를 때

정의의 불을 토하던

---

73) 개척하지 아니하여 인가가 없는 벌판과 들.
74) Douglas MacArthur(1880~1964). 미국의 군인으로 일본 주재 연합군 최고
    사령관을 지냈으며, 한국전쟁 때 인천상륙작전을 주도하여 큰 성과를 낸 장군
    이다. 만주 지구 공격 등 강경책을 주장하여 1951년 해임되었다.

여러 함정과 기총과 태평양의 파도는 잔잔하였다.

이러한 시간과 역사는

또 다시 자유 인간이 참으로 보장될 때

반복될 것이다.

비참한 인류의

새로운 미주리호75)에의 과정이여

나의 서적과 풍경은

내 생명을 건 싸움 속에 있다.

---

75) Missouri號. 미국의 전함으로 1944년 뉴욕 해군 공창에서 건조한 대형 군함
으로 1945년 9월 함상에서 태평양전쟁의 항복 조인식을 거행한 것으로 유명
하다.

서정가

실신한 듯이 목욕하는 청년
꿈에 본 조셉 베르네[76]의 바다
반연체동물의 울음이 들린다
새너토리엄[77]에 모여든 숙녀들
사랑하는 여자는 층계에서 내려온다
니자미[78]의 시집(詩集)보다도 비장한 이야기
냅킨이 가벼운 인사를 하고
성하(盛夏)[79]의 낙엽은 내 가슴을 덮는다.

---

76) Claude Joseph Vernet(1714~1789). 프랑스의 화가로 시정 넘치는 풍경화
   를 잘 그렸다. 특히 항구의 풍경과 폭풍, 난파선의 모티프와 관련 있는 작품에
   독창적인 멋을 남긴 해양 화가로 유명하다.
77) sanatorium. 요양원.
78) Niāmī Ganjavī(1141?~1202?). 페르시아의 시인으로 신비주의자로 우아하
   고 유려한 문체로 환상적 분위기의 시를 주로 썼다.
79) 한여름(더위가 한창인 여름).

세 사람의 가족

나와 나의 청순한 아내
여름날 순백한 결혼식이 끝나고
우리는 유행품으로 화려한
상가의 쇼윈도를 바라보며 걸었다

전쟁이 머물고
평온한 지평에서
모두의 단편적인 기억이
비둘기의 날개처럼 솟아나는 틈을 타서
우리는 내성(內省)[80]과 회한에의 여행을 떠났다.

평범한 수획(收獲)[81]의 가을

---

80) 자신을 돌이켜 살펴봄.
81) 수확을 거두어들임.

겨울은 백합처럼 향기를 풍기고 온다
죽은 사람들은 싸늘한 흙 속에 묻히고
우리의 가족은 세 사람.

토르소의 그늘 밑에서
나의 불운한 편력인 일기책이 떨고
그 하나하나의 지면(紙面)은
음울한 회상의 지대로 날아갔다.

아 창백한 세상과 나의 생애에
종말이 오기 전에
나는 고독한 피로에서
빙화처럼 잠든 지나간 세월을 위해
시를 써본다.

그러나 창밖
암담한 상가
고통과 구토가 동결된 밤의 쇼윈도
그 곁에는
절망과 기아의 행렬이 밤을 새우고

내일이 온다면
이 정막(靜寞)의 거리에 폭풍이 분다.

세월이 가면

지금 그 사람의 이름은 잊었지만
그의 눈동자 입술은
내 가슴에 있어.

바람이 불고
비가 올 때도
나는 저 유리창 밖
가로등 그늘의 밤을 잊지 못하지

사랑은 가고
과거는 남는 것
여름날의 호숫가
가을의 공원
그 벤치 위에

나뭇잎은 떨어지고

나뭇잎은 흙이 되고

나뭇잎에 덮여서

우리들 사랑이 사라진다 해도

지금 그 사람 이름은 잊었지만

그의 눈동자 입술은

내 가슴에 있어

내 서늘한 가슴에 있건만

▶▶▶『목마와 숙녀』(근역서재, 1976)

세토나이카이(瀬戸內海)[82]

그날은 3월
율리시즈[83]가 잠자듯이
나는 이 바다에서 잠든다.

태양은 때론
그 향기를 품에 안고
조용한 바다 위를 흐른다.

인생은 표류
작은 어선들이
과거를 헤맨다.

---

82) 일본 주고쿠, 시코쿠, 규슈로 둘러싸인 다도해로 아와지시마 쇼도시마 등
    천여 개의 섬과 스오(周防) 히우치(燧) 등 8개의 나다(灘)로 구성되어 있다.
83) Ulysses. 오디세우스의 라틴어 이름.

이국의 바다 섬들 속에 있는
세토나이카이 그 물결 위에
나의 회한이 간다.

▶▶▶『문학예술』(1956.04)

센티멘탈 저니⁸⁴⁾

주말 여행
엽서……낙엽
낡은 유행가의 설움에 맞추어
피폐한 소설을 읽던 소녀.

이태백의 달은
울고 떠나고
너는 벽화에 기대어
담배를 피우는 숙녀.

카프리섬의 원정(園丁)
파이프의 향기를 날려 보내라

---

84) sentimental journey. 향수 어린 여행.

이브는 내 마음에 살고
나는 그림자를 잡는다.

세월은 관념
독서는 위장
거저 죽기 싫은 예술가.

오늘이 가고 또 하루가 온들
도시에 분수는 시들고
어제와 지금의 사람은
천상유사(天上有事)[85]를 모른다.

---

85) 하늘 위에 있는 일.

술을 마시면 즐겁고
비가 내리면 서럽고
분별이여 구분이여.

수목은 외롭다
혼자 길을 가는 여자와 같이
정다운 것은 죽고
다리 아래 강은 흐른다.

지금 수목에서 떨어지는 엽서
긴 사연은
구름에 걸린 달 속에 묻히고
우리들은 여행을 떠난다.

주말 여행
별 말씀
거저 옛날로 가는 것이다.

아 센티멘탈 저니
센티멘탈 저니

수부(水夫)[86]들

수부들은 갑판에서

갈매기와 이야기한다

……너희들은 어데서 왔니……

화란(和蘭)[87] 성냥으로 담배를 붙이고

싱가포르[88] 밤거리의 여자

지금도 생각이 난다

동상처럼 서서 부두에서 기다리겠다는

얼굴이 까만 입술이 짙은 여자

파도여 꿈과 같이 부서지라

헤아릴 수 없는 순백한 밤이면

하모니카 소리도 처량하고나

---

86) 뱃사람. 배에서 허드렛일을 맡아 하는 하급 선원.
87) 네덜란드(유럽 서북부에 있는 입헌군주국).
88) Singapore. 말레이반도의 남쪽 끝에 있는 공화국. 싱가포르섬의 동남부에
   있는 항구 도시. 세계적 중계무역항이다.

포틀랜드89) 좋은 고장 술집이 많아
크레용 칠한 듯이 네온이 밝은 밤
아리랑 소리나 한번 해보자

(포틀랜드에서…… 이 시는 겨우 우리말을 쓸 수 있는 어떤 수부의 것을
내 이미지로 고쳤다.)

---

89) Portland. 미국 서북부 오리건주에 있는 도시.

식물

태양은 모든 식물에게 인사한다.

식물은 24시간 행복하였다.

식물 위에 여자가 앉았고
여자는 반역한 환영(幻影)을 생각했다.

향기로운 식물의 바람이 도시에 분다.

모두들 창을 열고 태양에게 인사한다.

식물은 24시간 잠들지 못했다.

식민항의 밤

향연의 밤

영사부인(領事[90]婦人)에게 아시아의 전설을 말했다.

자동차도 인력거도 정차되었으므로

신성한 땅 위를 나는 걸었다.

은행 지배인이 동반한 꽃 파는 소녀

그는 일찍이 자기의 몸값보다

꽃값이 비쌌다는 것을 안다.

육전대(陸戰隊)[91]의 연주회를 듣고 오던 주민은

---

90) 외국에 있으면서 본국의 무역 통상의 이익을 도모하며, 자국민의 보호를 담당
하는 공무원.

적개심으로 식민지의 애가를 불렀다.

삼각주의 달빛

백주(白晝)92)의 유혈을 밟으며 찬 해풍이 나의 얼굴

을 적신다.

---

91) ‘해병대’의 전 이름.
92) 대낮(환히 밝은 낮).

신호탄

수색대장: K중위는 신호탄을 울리며 적병 30명과 함께 죽었다.
(1951년 1월)

위기와 영광을 고할 때
신호탄은 터진다.
바람과 함께 살던 유년(幼年)도
떠나간 행복의 시간도
무거운 복잡에서
더욱 단순으로 순화(醇化)하여 버린다.

옛날 식민지의 아들로
검은 땅덩어리를 밟고
그는 주검을 피해
태양 없는 처마 끝을 걸었다.

어두운 밤이여
마지막 작별의 노래를
그 무엇으로 표현하였는가.
슬픈 인간의 유형(類型)을 벗어나
참다운 해방을
그는 무엇으로 신호하였는가.

'적을 쏘라
침략자 공산군을 사격하라.
내 몸뚱어리가 벌집처럼 터지고
뻘건 피로 화할 때까지
자장가를 불러주신 어머니
어머니 나를 중심으로 한 주변에

기총을 소사하시오 적은 나를 둘러쌌소'

생과 사의 눈부신 외접선을 그으며
하늘에 구멍을 뚫은 신호탄

그가 침묵한 후
구멍으로 끊임없이 비가 내렸다.
단순에서 더욱 주검으로
그는 나와 자유의 그늘에서 산다.

어느 날

4월 10일의 부활제를 위하여
포도주 한 병을 산 흑인과
빌딩의 숲속을 지나
에이브러햄 링컨[93]의 이야기를 하며
영화관의 스틸 광고를 본다.
……카르멘 존스[94]……

미스터 몬은 트럭을 끌고

---

93) Abraham Lincoln(1809~1865). 미국의 제16대 대통령. 남북전쟁에서 북군
  을 지도하여 1862년 민주주의 전통과 연방제를 지키고, 1863년 노예 해방을
  선언하였다. 1864년 재선되었으나 1865년 암살당하였다. '국민의, 국민에
  의한, 국민을 위한 정부'라는 민주주의 참모습에 대한 어록이 유명하다.
94) Carmen Jones. 소설가 메리메의 작품을 원본으로 한 비제의 오페라 〈카르
  멘〉을 오스카 헤머스타인 2세가 각색한 것을 바탕으로 하여 만든 영화이다.
  흑인 카르멘을 등장시킨 오토 프레밍거의 1954년 개봉작(드라마, 뮤지컬,
  오페라)이다.

그의 아내는 쿡과 입을 맞추고
나는 지렛95) 회사의 텔레비전을 본다.

한국에서 전사한 중위의 어머니는
이제 처음 보는 한국 사람이라고 내 손을 잡고
시애틀 시가를 구경시킨다.

많은 사람이 살고
많은 사람이 울어야 하는
아메리카의 하늘에 흰 구름.
그것은 무엇을 의미하는가.

95) (원전) 지렡

나는 들었다 나는 보았다
모든 비애와 환희를.

아메리카는 휘트먼의 나라로 알았건만
아메리카는 링컨의 나라로 알았건만
쓴 눈물을 흘리며
브라보…… 코리안 하고
흑인은 술을 마신다.

—에버렛96)에서

---

96) 미국 워싱턴주 서부에 있는 도시. 스노호미시군의 소재지이며 카운티에서
    가장 큰 도시이다.

어느 날의 시가 되지 않는 시

당신은 일본인이지요?

차이니스? 하고 물을 때

나는 불쾌하게 웃었다.

거품이 많은 술을 마시면서

나도 물었다

당신은 아메리카 시민입니까?

나는 거짓말 같은 낡아빠진 역사와

우리 민족과 말이 단일하다는 것을

자랑스럽게 말했다.

황혼.

태번 구석에서 흑인은 구두를 닦고

거리의 소년이 즐겁게 담배를 피우고 있다.

여우(女優) 가르보97)의 전기책(傳記冊)이 놓여 있고

그 옆에는 디텍티브 스토리[98]가 쌓여 있는
서점의 쇼윈도[99]
손님이 많은 가게 안을 나는 들어가지 않았다.
비가 내린다
내 모자 위에 중량이 없는 억압이 있다.
그래서 뒷길을 걸으며
서울로 빨리 가고 싶다고
센티멘털한 소리를 한다.

—에버렛에서

---

97) Greta Garbo, Greta Lovisa Gustafson(1905~1990). 스웨덴 출신의 미국 영화배우. 무성영화시대의 대표작으로 〈마타하리〉, 〈안나 크리스티〉 등이 있다.
98) detective story. 탐정 소설.
99) show window. 상품 진열창.

어떠한 날까지

—이 중위의 만가(輓歌)[100]를 대신하여

— 형님 저는 담배를
피우게 되었습니다 —
이런 이야기를 하던 날
바다가 반사된 하늘에서
평면의 심장을 뒤흔드는
가늘한 기계의 비명이 들려왔다
20세의 해병대 중위는
담배를 피우듯이
태연한 작별을 했다.

그가 서부전선 무명의 계곡에서
복잡으로부터
단순을 지향하던 날

---

100) 상엿소리(상여꾼들이 상여를 메고 가면서 부르는 구슬픈 소리). 죽은 사람을
애도하는 노래.

운명의 부질함과
생명과 그 애정을 위하여
나는 이단의 술을 마셨다.

우리의 일상과 신변에
우리의 그림자는
명확한 위기를 말한다
나와 싸움과 자유의 한계는
가까우면서도
망원경이 아니면 알 수 없는
생명의 고집에 젖어버렸다
죽음이여
회한과 내성의 절박한 시간이여
적은 바로
나와 나의 일상과 그림자를 말한다.

연기와 같은 검은 피를 토하며……
안개 자욱한 젊은 연령의 음영에……
청춘과
자유의 존엄을 제시한
영원한 미성년
우리의 처참한 기억이
어떠한 날까지 이어갈 때
싸움과 단절의 들판에서
나는 홀로 이단의 존재처럼
떨고 있음을 투시한다.

(1952.11.20)

▶▶▶『목마와 숙녀』(근역서재, 1976)

어린 딸에게

기총과 포성의 요란함을 받아가면서
너는 세상에 태어났다 주검의 세계로
그리하여 너는 잘 울지도 못하고
힘없이 자란다.

엄마는 너를 껴안고 3개월 간에
일곱 번이나 이사를 했다.

서울에 피의 비와
눈바람이 섞여 추위가 닥쳐오던 날
너는 입은 옷도 없이 벌거숭이로
화차(貨車)101) 위 별을 헤아리면서 남으로 왔다.

---

101) 화물 자동차.

나의 어린 딸이여 고통스러워도 애소(哀訴)[102]도 없이
그대로 젖만 먹고 웃으며 자라는 너는
무엇을 그리우느냐.

너의 호수처럼 푸른 눈
지금 멀리 적을 격멸하러 바늘처럼 가느다란
기계는 간다. 그러나 그림자는 없다.

엄마는 전쟁이 끝나면 너를 호강시킨다고 하나
언제 전쟁이 끝날 것이며
나의 어린 딸이여 너는 언제까지나

---

102) 슬프게 하소연함.

행복할 것인가.

전쟁이 끝나면 너는 더욱 자라고
우리들이 서울에 남은 집에 돌아갈 적에
너는 네가 어데서 태어났는지도 모르는
그런 계집애.

나의 어린 딸이여
너의 고향과 너의 나라가 어데 있느냐
그때까지 너에게 알려줄 사람이
살아 있을 것인가.

언덕

연 날리던 언덕
너는 떠나고
지금 구름 아래
연을 따른다
한 바람 두 바람
실은 풀리고
연이 떨어지는 곳
너의 잠든 곳

꽃이 지니
비가 오며 바람이 일고
겨울이니
언덕에는 눈이 쌓여서
누구 하나 오지 않아

네 생각하며
연이 떨어진 곳
너를 찾는다

▶▶▶『자유신문』(1948.11.25)

에버렛의 일요일

분란인(芬蘭人) 미스터 몬은

자동차를 타고 나를 데리러 왔다.

에버렛의 일요일

와이셔츠도 없이 나는 한국 노래를 했다.

거저 쓸쓸하게 가냘프게

노래를 부르면 된다

……파파 러브스 맘보[103]……

춤을 추는 돈나

개와 함께 어울려 호숫가를 걷는다.

텔레비전도 처음 보고

칼로리가 없는 맥주도 처음 마시는

---

103) papa loves mambo(아빠는 맘보를 사랑해). 페리 코모가 1954년 발표한
대중적인 노래.

마음만의 신사

즐거운 일인지 또는 슬픈 일인지

여기서 말해 주는 사람은 없다.

석양.

낭만을 연상케 하는 시간.

미칠 듯이 고향 생각이 난다.

그래서 몬과 나는

이야기할 것이 없었다 이젠

헤져야 된다.

—에버렛에서

여행

나는 나도 모르는 사이에 먼 나라로
여행의 길을 떠났다.
수중엔 돈도 없이
집엔 쌀도 없는 시인이
누구의 속임인가
나의 환상인가
거저 배를 타고
많은 인간이 죽은 바다를 건너
낯설은 나라를 돌아다니게 되었다.

비가 내리는 주립공원을 바라보면서
200년 전
이 다리 아래를 흘러간 사람의 이름을
수첩에 적는다.

캡틴104) ××
그 사람과 나는 관련이 없건만
우연히 온 사람과 죽은 사람은
저기 푸르게 잠든 호수의 수심을
잊을 수 없는 것일까.

거룩한 자유의 이름으로 알려진 토지
무성한 삼림이 있고
비렴계관(飛廉桂館)105)과 같은 집이
연이어 있는 아메리카의 도시
시애틀의 네온이 붉은 거리를
실신한 나는 간다

---

104) CAPTAIN.
105) 계수나무 등으로 만든 검소한 집.

아니 나는 더욱 선명한 정신으로
태번에 들어가 향수를 본다.

이지러진 회상
불멸의 고독
구두에 남은 한국의 진흙과
상표도 없는 '공작(孔雀)'의 연기
그것은 나의 자랑이다
나의 외로움이다.

또 밤거리
거리의 음료수를 마시는
포틀랜드의 이방인
저기

가는 사람은 나를 무엇으로 보고 있는가.

　　　　　　　　　　　　　　　　—포틀랜드에서

영원한 일요일

날개 없는 여신이 죽어버린 아침
나는 폭풍에 싸여
주검의 일요일을 올라간다.

파란 의상을 감은 목사와
죽어가는 놈의
숨 가쁜 울음을 따라
비탈에서 절름거리며 오는
나의 형제들.

절망과 자유로운
모든 것을……

싸늘한 교외의 사구사구(砂丘)106)에서

모진 소낙비에 으끄러지며
자라지 못하는 유용식물(有用植物).

낡은 회귀의 공포와 함께
예절처럼 떠나버리는 태양.

수인(囚人)[107]이여
지금은 희미한 철형(凸形)[108]의 시간
오늘은 일요일
너희들은 다행하게도
다음 날에의

---

106) 세찬 바람으로 모래가 한데 몰려 이루어진 낮은 구릉.
107) 옥에 갇힌 사람.
108) 한복판이 두드러진 형상.

비밀을 갖지 못했다.

절름거리며 교회에 모인 사람과
수족이 완전함에 불구하고
복음도 기도도 없이
떠나가는 사람과
상풍(傷風)[109]된 사람들이여
영원한 일요일이여

---

109) 바람을 쐬면 생기는 모든 병증.

의혹의 기(旗)

얇은 고독처럼 퍼덕이는 기
그것은 주검과 관념의 거리를 알린다.

허망한 시간
또는 줄기찬 행운의 순시(瞬時)[110]
우리는 도립(倒立)[111]된 석고처럼
불길(不吉)[112]을 바라볼 수 있었다.

낙엽처럼 싸움과 청년은 흩어지고
오늘과 그 미래는 확립된 사념이 없다.

---

110) 삽시간(매우 짧은 시간).
111) 물구나무서기(체조에서 손으로 바닥을 짚고 발로 땅을 차서 거꾸로 서는
　　　동작).
112) 운수가 좋지 아니함.

바람 속의 내성(內省)[113]

허나 우리는 죽음을 원치 않는다.

피폐한 토지에선

한 줄기 연기가 오르고

우리는 아무 말도 없이 눈을 감았다.

최후처럼 인상은 외롭다.

안구(眼球)처럼 의욕은 숨길 수가 없다.

이러한 중간의 면적에

우리는 떨고 있으며

떨리는 깃발 속에

모든 인상과 의욕은 그 모습을 찾는다.

---

113) 자신을 돌이켜 살펴봄. 신라 때 대궁, 양궁, 사량궁 등 세 궁의 일을 맡아보던
     관아. 경덕왕 18(759)년에 진중성이라 고쳤다가 다시 이 이름으로 고쳤다.

195……년의 여름과 가을에 걸쳐서
애정의 뱀은 어두움에서 암흑으로
세월과 함께 성숙하여 갔다.
그리하여 나는 비틀거리며
뱀이 걸어간 길을 피했다.

잊을 수 없는 의혹의 기
잊을 수 없는 환상의 기

이러한 혼란된 의식 아래서
아폴론은 위기의 병을 껴안고
고갈된 세계에 가라앉아간다.

이 거리는 환영한다

—반공청년에게 주는 노래

어느 문이나
열리어 있다
식탁 위엔
장미와 술이
흐르고

깨끗한 옷도
걸려 있다
이 거리에는
채찍도
철조망도
설득 공작도
없다

이 거리에는
독재도
모해도
강제노동도
없다
가고 싶은
거리에서
거리에로
가라

어데서나
가난한
이 민족
따스한 표정으로

어데서나
서러운

그대들의
지나간 질곡을
위로할 것이니

가고 싶은
거리에서
네 활개 치고
가라
이 거리는
찬란한 자유의
고장

이 거리는
그대들의
새로운 출발점
이제 또다시
막을 자는
아무도 없다
넓은 하늘
저 구름처럼
자유롭게
또한
뭉쳐 흘러라

어느 문이나

열리어 있다
깨끗한 옷에
장미를 꽂고
술을 마셔라

▶▶▶『목마와 숙녀』(근역서재, 1976)

이국 항구

에버렛 이국의 항구
그날 봄비가 내릴 때
돈나 켐벨 잘 있거라

바람에 펄덕이는 너의 잿빛 머리
열병에 걸린 사람처럼
내 머리는 화끈거린다

몸부림쳐도 소용없는
사랑이라는 것을 서로 알면서도
젊음의 눈동자는 막지 못하는 것

처량한 기적
데크114)에 기대어 담배를 피우고

이제 나는 육지와 작별을 한다

눈물과 신화의 바다 태평양
주검처럼 어두운 노도를 헤치며
남해호의 우렁찬 엔진은 울린다

사랑이여 불행한 날이여
이 넓은 바다에서
돈나 켐벨! 불러도 대답은 없다

▶▶▶『경향신문』(1956.04.07)

---

114) deck.

인도네시아 인민에게 주는 시

동양의 오케스트라

가믈란115)의 반주악이 들려온다

오 약소민족

우리와 같은 식민지의 인도네시아

300년 동안 너의 자원은

구미 자본주의 국가에 빼앗기고

반면 비참한 희생을 받지 않으면

구라파116)의 반이나 되는 넓은 땅에서

살 수 없게 되었다 그러는 사이

가믈란은 미칠 듯이 울었다

---

115) [말레이어] gamelan. 인도네시아 전통 음악.
116) 歐羅巴. 유럽.

홀랜드[117]의 58배나 되는 면적에
홀랜드인은 조금도 갖지 않은 슬픔을
밀림처럼 지니고
7073만인 중 한 사람도
빛나는 남십자성[118]은 쳐다보지도 못하여 살아왔다

수도 족자카르타[119]
상업항 스라바야[120]
고원분지의 중심지 반돈[121]의 시민이여

---

117) Holland. 미국 중북부 미시간주 서부의 도시. 미시간호 연안에 위치해 있다.
118) 南十字星. 남십자자리에 있는 십자형을 이루는 네 개의 별.
119) 요크야카르타(Yogyakarta). 인도네시아 자바섬 요그야카르타 특별주의 주
    도. 족자카르타(Djokjakrta)로 표기되기도 한다.
120) Surabaya. 인도네시아 동(東)자바주.
121) 수랏타니(Suratthani). 말레이반도 타이 남부에 있는 도시로. 반돈(Ban
    Don)이라고 한다.

너희들의 습성이 용서하지 않는
남을 때리지 못하는 것은
회교정신에서 온 것만이 아니라
동인도회사[122]가 붕괴한 다음
홀랜드의 식민정책 밑에
모든 힘까지 빼앗긴 것이다

사나이는 일할 곳이 없었다 그러므로
약한 여자들이 백인 아래 눈물 흘렸다
수만의 혼혈아는
살 길을 잊어 애비를 찾았으나

---

122) 17~19세기에 걸쳐 영국·프랑스·네덜란드 등이 동양에 대한 무역을 경영하
    기 위하여 동인도에 설립한 무역 독점 회사

스라바야를 떠나는 상선은
벌써 기적을 울렸다
홀랜드인은 포르투갈이나 스페인처럼
사원을 만들지 않았다
영국인처럼 은행도 세우지 않았다
토인은 저축심이 없을 뿐만 아니라
저축할 여유란 도무지 없었다

홀랜드인은 옛말처럼 도로를 닦고
아시아의 창고에서 임자 없는 사이
자원을 본국으로 끌고만 갔다

주거와 의식은 최저도
노예적 지위는 더욱 심하고

옛과 같은 창조적 혈액은 완전히 부패하였으나
인도네시아 인민이여
생의 광영은 홀랜드의 소유만이 아니다

마땅히 요구할 수 있는 인민의 해방
세워야 할 늬들의 나라
인도네시아 공화국은 성립하였다 그런데
연립임시정부란 또다시 박해다

지배권을 회복하려는 모략을 부숴라
이제는 식민지의 고아가 되면 못쓴다
전 인민은 일치단결하여 스콜처럼 부서져라

국가방위와 인민전선을 위해 피를 뿌려라

300년 동안 받아온
눈물겨운 박해의 반응으로
너의 조상이 남겨놓은
야자나무의 노래를 부르며
홀랜드군의 기관총 진지에 뛰어들어라

제국주의의 야만적 제재는
너희뿐만이 아니라 우리의 모욕
힘 있는 대로 영웅되어 싸워라
자유와 자기보존을 위해서만이 아니고
야욕과 폭압과 비민주적인
식민정책을
지구에서 부숴내기 위해
반항하는 인도네시아 인민이여

최후의 한 사람까지 싸워라

참혹한 몇 달이 지나면
피 흘린 자바섬에는
붉은 칸나의 꽃이 피려니
죽음의 보람이 남해의 태양처럼
조선에 사는 우리에게도 빛이려니
해류가 부딪히는 모든 육지에선
거룩한 인도네시아 인민의
내일을 축복하리라

사랑하는 인도네시아 인민이여
고대문화의 대유적 보로부두르123)의 밤
평화를 울리는 종소리와 함께

가믈란에 맞추어 스림피[124]로
새로운 나라를 맞이하여라

123) Borobudur Temple Compounds. 인도네시아 자바섬 중부 요그야카르타
    북쪽에 있는 불교유적.
124) Srimpi. 전통 무용.

인제

인제
봄이면 진달래가 피었고
설악산 눈이 녹으면
천렵 가던 시절도
이젠 추억.

아무도 모르는 산간벽촌에
나는 자라서
고향을 생각하며 지금 시를 쓰는
사나이
나의 기묘한 꿈이라 할까
부질없고나.

그곳은

전란으로 폐허가 된 도읍
인간의 이름이 남지 않은 토지
하늘엔 구름도 없고
나는 삭풍 속에서 울었다

어느 곳에 태어났으며
우리 조상들에게 무슨 죄가 있던가.

눈이여
옛날 시몽의 얼굴을 곱게 덮어준
눈이여
너에게는 정서와 사랑이 있었다 하더라.

나의 가난한 고장

인제
봄이여
빨리 오거라.

▶▶▶『조선일보』(1956.03.11)

인천항

사진잡지에서 본 향항(香港)[125] 야경을 기억하고 있다
그리고 중일전쟁 때
상해 부두를 슬퍼했다

서울에서 30킬로를 떨어진 곳에
모든 해안선과 공통되어 있는
인천항이 있다

가난한 조선의 프로필을
여실히 표현한 인천 항구에는
상관(商館)[126]도 없고
영사관도 없다

---

125) '홍콩'의 잘못.
126) 규모가 큰 상점. 특히 외국인이 경영하는 상점을 이른다.

따뜻한 황해의 바람이
생활의 도움이 되고자
냅킨 같은 만내(灣內)[127]에 뛰어들었다

해외에서 동포들이 고국을 찾아들 때
그들이 처음 상륙한 곳이
인천 항구이다

그러나 날이 갈수록
은주(銀酒)와 아편과 호콩이 밀선에 실려오고
태평양을 건너 무역풍을 탄 칠면조가

---

127) 만의 안쪽.

인천항으로 나침을 돌렸다

서울에서 모여든 모리배[128]는
중국서 온 헐벗은 동포의 보따리같이
화폐의 큰 뭉치를 등지고
황혼의 부두를 방황했다

밤이 가까울수록
성조기[129]가 퍼덕이는 숙사와
주둔소의 네온사인은 붉고
정크[130]의 불빛은 푸르며

---

128) 謀利輩. 온갖 수단과 방법으로 자신의 이익만을 추구하는 사람. 또는 무리.
129) 星條旗. 미국의 국기.
130) junk. 연해나 하천에서 사람이나 짐을 실어 나르는 데 쓰는 배.

마치 유니언잭131)이 날리던
식민지 향항의 야경을 닮아간다

조선의 해항 인천의 부두가
중일전쟁 때 일본이 지배했던
상해의 밤을 소리 없이 닮아간다

---

131) Union Jack. 영국의 국기.

일곱 개의 층계

가만히 눈을 감고 생각하니
지난 하루하루가 무서웠다.
무엇이나 거리낌 없이 말했고
아무에게도 협의해 본 일이 없던
불행한 연대(年代)였다.

비가 줄줄 내리는 새벽
바로 그때이다.
죽어간 청춘이
땅속에서 솟아 나오는 것이……
그러나 나는 뛰어들어
서슴없이 어깨를 거느리고
악수한 채 피 묻은 손목으로
우리는 암담한 일곱 개의 층계를 내려갔다.

『인간의 조건』의 앙드레 말로
『아름다운 지구(地區)』의 아라공
모두들 나와 허물없던 우인
황혼이면 피곤한 육체로
우리의 개념이 즐거이 이름 불렀던
'정신과 관련의 호텔'에서
말로는 이 빠진 정부(情婦)와
아라공은 절름발이 사상과
나는 이들을 응시하면서……
이러한 바람의 낮과 애욕의 밤이
회상의 사진처럼
부질하게 내 눈앞에 오고 간다.

또 다른 그날
가로수 그늘에서 울던 아이는
옛날 강가에 내가 버린 영아(嬰兒)
쓰러지는 건물 아래
슬픔에 죽어가던 소녀도
오늘 환영처럼 살았다.
이름이 무엇인지
나라를 애태우는지
분별할 의식조차 내게는 없다.

시달림과 증오의 육지
패배의 폭풍을 뚫고
나의 영원한 작별의 노래가
안개 속에 울리고

지난날의 무거운 회상을 더듬으며
벽에 귀를 기대면
머나먼
운명의 도시 한복판
희미한 달을 바라
울며 울며 일곱 개의 층계를 오르는
그 아이의 방향은
어디인가.

자본가에게

나는 너희들의 마니페스토의 결함을 지적한다

그리고 모든 자본이 붕괴한 다음

태풍처럼 너희들을 휩쓸어갈

위험성이

태풍처럼 가까워진다는 것도

옛날 기사(技師)[132]가 도주하였을 때

비행장에 궂은비가 내리고

모두 목메어 부른 노래는

밤의 말로에 불과하였다.

그러므로 자본가여

---

[132] 관청이나 회사에서 전문지식이 필요한 특별한 기술 업무를 맡아보는 사람.

새삼스럽게 문명을 말하지 말라
정신과 함께 태양이 도시를 떠난 오늘
허물어진 인간의 광장에는
비둘기 떼의 시체가 흩어져 있었다.

신작로를 바람처럼 굴러간
기체(機體)의 중축(中軸)133)은
어두운 외계 절벽 밑으로 떨어지고
조종자의 얇은 작업복이
하늘의 구름처럼 남아 있었다.

잃어버린 일월의 선명한 표정들

---

133) 물건의 한가운데를 가로지르는 축.

인간이 죽은 토지에서

타산치 말라

문명의 모습이 숨어버린 황량한 밤

성안(成案)134)은

꿈의 호텔처럼 부서지고

생활과 질서의 신조에서 어긋난

최후의 방랑은 끝났다.

지금 옛날 촌락을 흘려버린

슬픈 비는 나린다.

---

134) 인간을 만듦. 또는 그 안건.

잠을 이루지 못하는 밤

넓고 개체 많은 토지에서
나는 더욱 고독하였다.
힘없이 집에 돌아오면 세 사람의 가족이
나를 쳐다보았다. 그러나
나는 차디찬 벽에 붙어 회상에 잠긴다.

전쟁 때문에 나의 재산과 친우가 떠났다.
인간의 이지(理知)를 위한 서적 그것은 잿더미가 되고
지난날의 영광도 날아가 버렸다.
그렇게 다정했던 친우도 서로 갈라지고
간혹 이름을 불러도 울림조차 없다.
오늘도 비행기의 폭음이 귀에 잠겨
잠이 오지 않는다.

잠을 이루지 못하는 밤을 위해 시를 읽으면
공백한 종이 위에
그의 부드럽고 원만하던 얼굴이 환상처럼 어린다.

미래에의 기약도 없이 흩어진 친우는
공산주의자에게 납치되었다.
그는 사자(死者)만이 갖는 속도로
고뇌의 세계에서 탈주하였으리라.

정의의 전쟁은 나로 하여금 잠을 깨운다.
오래도록 나는 망각의 피안에서 술을 마셨다.
하루하루가 나에게 있어서는
비참한 축제였다.

그러나 부단한 자유의 이름으로서
우리의 뜰 앞에서 벌어진 싸움을 통찰할 때
나는 내 출발이 늦은 것을 고한다.

나의 재산…… 이것은 부스럭지
나의 생명…… 이것도 부스럭지
아 파멸한다는 것이 얼마나 위대한 일이냐.

마음은 옛과는 다르다. 그러나
내게 달린 가족을 위해 나는 참으로 비겁하다
그에게 나는 왜 머리를 숙이며 왜 떠드는 것일까.
나는 나의 말로를 바라본다.
그리하여 나는 혼자서 운다.

이 넓고 개체 많은 토지에서
나만이 지각이다.
언제 죽을지도 모르는 나는
생에 한없는 애착을 갖는다.

장미의 온도

나신(裸身)[135]과 같은 흰 구름이 흐르는 밤
실험실 창밖
과실의 생명은
화폐모양 권태하고 있다.
밤은 깊어가고
나의 찢어진 애욕은
수목이 방탕하는 포도에 질주한다.

나팔 소리도 폭풍의 부감(俯瞰)[136]도
화판(花瓣)[137]의 모습을 찾으며
무장(武裝)한 거리를 헤맸다.

---

135) 알몸(아무것도 입지 않은 몸).
136) 높은 곳에서 내려다봄.
137) 꽃잎.

태양이 추억을 품고

안벽(岸壁)138)을 지나던 아침

요리의 위대한 평범을

Close-up한 원시림의

장미의 온도

---

138) 깎아지른 듯 험한 물가. 항만이나 운하의 가에 배를 대기 좋게 하기 위해
    쌓은 벽.

전원

홀로 새우는 밤이었다.
지난 시인의 걸어온 길을
나의 꿈길에서 부딪혀본다.
적막한 곳엔 살 수 없고
겨울이면 눈이 쌓일 것이
걱정이다.
시간이 갈수록
바람은 모여들고
한 간 방은 잘 자리도 없이
좁아진다.
밖에는 우수수
낙엽소리에
나의 몸은

점점 무거워진다.

II

풍토의 냄새를
산마루에서
지킨다.
내 가슴보다도
더욱 쓰라린
늙은 농촌의 황혼
언제부터 시작되고
언제 그치는
나의 슬픔인가.
지금 쳐다보기도 싫은
기울어져 가는

만하(晩夏)¹³⁹⁾
전선 위에서
제비들은
바람처럼

나에게 작별한다.

III

찾아든 고독 속에서
가까이 들리는
바람 소리를 사랑하다.
창을 부수는 듯

---

139) 늦여름.

별들이 보였다.
7월의
저무는 전원
시인이 죽고
괴로운 세월은
어디론지 떠났다.
비 나리면
떠난 친구의 목소리가
강물보다도
내 귀에
서늘하게 들리고
여름의 호흡이
쉴 새 없이
눈앞으로 지난다.

IV

절름발이 내 어머니는
삭풍에 쓰러진
고목 옆에서 나를
불렀다.
얼마 지나
부서진 추억을 안고
염소처럼 나는
울었다.
마차가 넘어간
언덕에 앉아
지평에서 걸어오는
옛 사람들의
모습을 본다.

생각이 타오르는
연기는
마을을 덮었다.

정신의 행방을 찾아서

선량한 우리의 조상은
투르키스탄 광막한 평지에서
근대정신을 발생시켰다.
그러므로 폭풍 속의 인류들이여
홍적세기(洪積世140)紀)의 자유롭던 수륙분포를
오늘의 문명 불모의 지구와 평가할 때
우리가 보유하여 온 순수한 객관성은 가치가 없다

중화민국 광서성 북경 근교
자바(피테칸트로푸스141))를 가리켜
전란과 망각의 토지라 함이

---

140) 플라이스토세(신생대 제사기의 첫 시기).
141) Pithecanthropus. 자바 원인. 19세기 말 자바섬 트리닐 부근에서 발견된
화석 인류.

인류의 고뇌를 지적할 수 있는 것이다.
미래에의 수목처럼 기억에 의지되어 세월을 등지고
육체와 노예 —
어제도 오늘도 전지(戰地)[142]에서 사라진 사고(思考)
의 비극

영원의 바다로 밀려간 반란의 눈물
화산처럼 열을 토하는 지구의 시민

냉혹한 자본의 권한에 시달려
또다시 자유 정신의 행방을 찾아
추방, 기아

---

142) 전쟁터.

오 한없이 이동하는 운명의 순교자
사랑하는 사람의 의상(衣裳)마저
이미 생명의 외접선에서 폭풍에 날아갔다.

온 세상에 피의 비와 종소리가 그칠 때
시끄러운 시대는 어데로 가나
강렬한 싸움 속에서
자유와 민족이 이지러지고
모든 건축과 원시의 평화는
새로운 증오에 쓰러져 간다.
아 오늘날 모든 시민은
정막한 생명의 존속을 지킬 뿐이다.

▶▶▶『민성』(1949.03)

종말

생애를 끝마칠
임종의 존엄을 앞두고
정치가와 회색 양복을 입은 교수와
물가지수를 논의하던
불안한 샹들리에 아래서
나는 웃고 있었다.

피로한 인생은
지나(支那)의 벽처럼 우수수 무너진다.
나도 이에 유형(類型)되어
나의 종말의 목표를 지향하고 있었다.
그러나 숨 가쁜 호흡은 끊기지 않고
의식은 죄수와도 같이 밝아질 뿐

밤마다 나는 장미를 꺾으러
금단의 계곡으로 내려가서
동란을 겪은 인간처럼 온 손가락을 피로 물들이어
암흑을 덮어주는 월광을 가리키었다.

나를 쫓는 꿈의 그림자
다음과 같이 그는 말하는 것이다.
……지옥에서 밀려나간 운명의 패배자
너는 또 다시 돌아올 수 없다……

……처녀의 손과 나의 장갑을
구름의 의상(衣裳)과 나의 더럽힌 입술을……
이런 유행가의 구절을
새벽녘 싸늘한 피부가 나의 육체와 마주칠 때까지

노래하였다.
노래가 멈춘 다음
내 죽음의 막이 오를 때

오 생애를 끝마칠 나의 최후의 주변에
양주값을
구두값을 책값을
네가 들어갈 관(棺)값을 청산하여 달라고
(그들은 사회의 예절과 언어를 확실히 체득하고 있다)
달려든 지난날의 친우들.

죽을 수도 없고
옛이나 현재나 변함이 없는 나
정치가와 회색 양복을 입은 교수의 부고(訃告)와

그 상단에 보도되어 있는

어제의 물가시세를 보고

세 사람이 논의하던 그 시절보다

모든 것이 천 배 이상이나 앙등되어 있는 것을 나는

알았다.

허나 봄이 되니 수목은 또다시 부풀어 오르고

나의 종말은 언제인가

어두움처럼 생과 사의 구분 없이

항상 임종의 존엄만 앞두고

호수의 물결이나 또는 배처럼

한계만을 헤매이는

지옥으로 돌아갈 수도 없는 자

이젠 얼굴도 이름도 스스로 기억치 못하는

영원한 종말을
웃고 울며 헤매는 또 하나의 나.

주말

산길을 넘어가면

별장.

주말의 노래를 부르며

우리는 술을 마시고

주인은

얇은 소설을 읽는다

오늘의 뱀아

저기 쏟아지는 분수를 마셔

그늘이 가린 언덕 아래

어린 여자의 묘지

거기서 들려오는

찬미가.

칫솔로 이를 닦는

이름 없는 영화배우

……공포의 보수(報酬)143)……

……니트로글리세린144)……

……과테말라 공화국의 선인장……

일요판「니폰스타임스」의 잉크냄새.

별장에도

폭포는 요란하고

라디오의 찢어진 음악이 끊일 줄 모른다

주인은 잠이 들었고

우리는 산길을 내려간다.

▶▶▶『시작』(1955.05.20)

---

143) 고맙게 해준 데 대하여 보답을 함. 또는 그 보답. 일한 대가로 주는 돈이나
물품. 보상.

144) nitroglycerin. 나이트로글리세린(글리세린의 삼질산에스터).

죽은 아폴론

―이상(李箱) 그가 떠난 날에

오늘은 3월 열이렛날
그래서 나는 망각의 술을 마셔야 한다
여급 '마유미'가 없어도
오후 3시 25분에는
벗들과 '제비'의 이야기를 하여야 한다.

그날 당신은
동경제국대학 부속병원에서
천당과 지옥의 접경으로 여행을 하고
허망한 서울의 하늘에는 비가 내렸다.

운명이여
얼마나 애타운 일이냐
권태와 인간의 날개

당신은 싸늘한 지하에 있으면서도
성좌[145]를 간직하고 있다.
정신의 수렵을 위해 죽은
랭보[146]와도 같이

당신은 나에게
환상과 흥분과
열병과 착각을 알려주고
그 빈사의 구렁텅이에서
우리 문학에

---

145) 星座(별자리).

146) Jean Nicolas Arthu Rimbaud(1854~1897). 프랑스의 상징파 시인. 근대
사회의 허위와 전통, 그리고 모든 권위에 반역하고, 언어가 지니는 표현력의
정점에 달했다고 하는 시와 시론 등은 후기 인상주의나 초현실주의에 영향을
미쳤다.

따뜻한 손을 빌려준
정신의 황제.

무한한 수면(睡眠)
반역과 영광
임종의 눈물을 흘리며 결코
당신은 하나의 증명을 갖고 있었다
'이상'이라고.

▶▶▶『한국일보』(1956.03.17)

지하실

황갈색 계단을 내려와
모인사람은
도시의 지평에서 싸우고 왔다

눈앞에 어리는 푸른 시그널
그러나 떠날 수 없고
모두들 선명한 기억 속에 잠든다

달빛 아래
우물을 푸던 사람도
지하의 비밀은 알지 못했다

이미 밤은 기울어져 가고
하늘엔 청춘이 부서져

에메랄드의 불빛이 흐른다

겨울의 새벽이여
너에게도 지열(地熱)과 같은 따스함이 있다면
우리의 이름을 불러라

아직 바람과 같은
속력이 있고
투명한 감각이 좋다

최후의 회화(會話)

아무 잡음도 없이 멸망하는

도시의 그림자

무수한 인상과

전환하는 연대(年代)의 그늘에서

아 영원히 흘러가는 것

신문지의 경사(傾斜)[147]에 얽혀진

그러한 불안의 격투.

함부로 개최되는 주장(酒場)의 사육제

흑인의 트럼펫

구라파 신부(新婦)의 비명

정신의 황제!

---

147) 비스듬히 기울어짐. 또는 그런 상태나 정도. 기울기.

내 비밀을 누가 압니까?
체험만이 늘고
실내는 잔잔한 이러한
환영(幻影)의 침대에서.

회상의 기원(起源)
오욕의 도시
황혼의 망명객
검은 외투에 목을 굽히면
들려오는 것
아 영원히 듣기 싫은 것
쉬어빠진 진혼가
오늘의 폐허에서
우리는 또 다시 만날 수 있을까

1950년의 사절단.

병든 배경의 바다에
국화가 피었다
폐쇄된 대학의 정원은
지금은 묘지
회화(繪畵)와 이성의 뒤에 오는 것
술 취한 수부(水夫)의 팔목에 끼어
파도처럼 밀려드는
불안한 최후의 회화(會話).

충혈된 눈동자

STRAIT OF JUAN ED FUCA를 어제 나는
지났다.
눈동자에 바람이 휘도는
이국의 항구 올림피아
피를 토하며 잠 자지 못하던 사람들이
행복이나 기다리는 듯이 거리에 나간다.

착각이 만든 네온의 거리
원색과 혈관은 내 눈엔 보이지 않는다.
거품에 넘치는 술을 마시고
정욕에 불타는 여자를 보아야 한다.
그의 떨리는 손가락이 가리키는
무거운 침묵 속으로 나는
발버둥 치며 달아나야 한다.

세상은 좋았다
피의 비가 내리고
주검의 재가 날리는 태평양을 건너서
다시 올 수 없는 사람은 떠나야 한다
아니 세상은 불행하다고 나는 하늘에
고함친다
몸에서
베고니아처럼 화끈거리는 욕망을 위해
거짓과 진실을 마음대로 써야 한다.

젊음과 그가 가지는 기적(奇蹟)은
내 허리에 비애의 그림자를 던졌고
도시의 계곡 사이를 달음박질치는

육중한 바람을
충혈된 눈동자는 바라다보고 있었다.

　　　　　　　　　—올림피아에서

침울한 바다

그러한 잠시
그 들창에서 울던 숙녀는
오늘의 사람이 아니다.

목마의 방울 소리
또한 번갯불
이지러진 길목
다시 돌아온다 해도
그것은 사랑을 지니지 못했다.

해야 새로운 암흑아
네 모습에
살던 사랑도
죽던 사람도

잊어버렸고나.

침울한 바다
사랑처럼 보기 싫은
오늘의 사람.

그 들창에
지나간 날과 침울한 바다와 같은
나만이 있다.

▶▶▶『현대문학』(1956.04)

투명한 버라이어티

녹슬은
은행과 영화관과 전기세탁기

럭키 스트라이크
VANCE 호텔 BINGO게임.

영사관 로비에서
눈부신 백화점에서
부활제의 카드가
RAINIER맥주가.

나는 옛날을 생각하면서
텔레비전의 LATE NIGHT NEWS를 본다.
캐나다 CBC방송국의

광란한 음악
입 맞추는 신사와 창부.
조준은 젖가슴
아메리카 워싱턴주.

비에 젖은 소년과 담배
고절된 도서관
오늘 올드미스는 월경이다.

희극여우(喜劇女優)처럼 눈살을 피면서
최현배 박사의 『우리말본』을
핸드백 옆에 놓는다.

타이프라이터의 신경질

기계 속에서 나무는 자라고
엔진으로부터 탄생된 사람들.

신문과 숙녀의 옷자락이 길을 막는다.
여송연[148])을 물은 전(前) 수상(首相)은
아메리카의 여자를 사랑하는지?

식민지의 오후처럼
회사의 깃발이 퍼덕거리고
페리코모[149])의 「파파 러브스 맘보」

---

148) 呂宋煙. 엽궐련(담뱃잎을 썰지 않고 통째로 돌돌 말아서 만든 담배).
149) Perry Como. 미국의 포퓰러 가수. 라디오와 TV를 통해 인기를 모아 수많은
    밀리언 셀러 레코드를 내고 인기 스타가 되었다. 대표곡으로 ⟨And I Love
    So⟩, ⟨Papa Loves Mambo⟩ 등이 있다.

찢어진 트럼펫
꾸겨진 애욕.

데모크라시와 옷 벗은 여신과
칼로리가 없는 맥주와 유행과
유행에서 정신을 희열하는
디자이너와
표정이 경련하는 나와.

트렁크 위에 장미는 시들고
문명은 은근한 곡선을 긋는다.

조류는 잠들고
우리는 페인트칠 한 잔디밭을 본다

달리는 유니언 퍼시픽 안에서
상인은 쓸쓸한 혼약의 꿈을 꾼다.

반항적인 M.먼로[150]의
날개 돋친 의상.

교회의 일본어 선전물에서는
크레졸[151] 냄새가 나고
옛날
루돌프 알폰스 발렌티노[152]의 주검을

---

150) Marilyn Monroe(1926~1962). 미국의 여배우로 독특한 성적 매력으로
    남성들에게 폭발적인 인기를 누렸다.
151) cresol. 콜타르에서 얻는 연한 갈색의 약산성 액체.
152) Rudolph Vallentino(1895~1926). 이탈리아 태생의 미국 영화배우로,
    무성 영하 시대의 할리우드 배우이다.

비탄으로 맞이한 나라
그때의 숙녀는 늙고
아메리카의 청춘의 음영을 잊지 못했다.

스트립쇼
담배 연기의 암흑
시력(視力)이 없는 네온사인.

그렇다 '성(性)의 10년'이 떠난 후
전장에서 청년은 다시 도망쳐 왔다.
자신(自身)과 영예와

구라파의 달[月]을 바라다보던 사람은……

혼란과 질서의 반복이
물결치는 거리에
고백의 시간은 간다.

집요하게 태양은 내려 쪼이고
MT. HOOT의 눈은 변함이 없다.

연필처럼 가느다란 내 목구멍에서
내일이면 가치가 없는 비애로운 소리가 난다.

빈약한 사념

아메리카 모나리자
필립모리스 모리스브리지

비정한 행복이라도 좋다.

4월 10일의 부활제가 오기 전에
굿바이
굿 앤드 굿바이

한줄기 눈물도 없이

음산한 잡초가 무성한 들판에
용사가 누워 있었다.
구름 속에 장미가 피고
비둘기는 야전병원 지붕에서 울었다.

존엄한 죽음을 기다리는
용사는 대열을 지어
전선으로 나가는 뜨거운 구두 소리를 듣는다.
아 창문을 닫으시오

고지탈환전
제트기 박격포 수류탄
'어머니' 마지막 그가 부를 때
하늘에서 비가 내리기 시작했다.

옛날은 화려한 그림책
한 장 한 장마다 그리운 이야기

만세 소리도 없이 떠나
흰 붕대에 감겨
그는 남모르는 토지에서 죽는다.

한줄기 눈물도 없이
인간이라는 이름으로서
그는 피와 청춘을
자유를 위해 바쳤다.

음산한 잡초가 무성한 들판엔
지금 찾아오는 사람도 없다.

행복

노인은 육지에서 살았다.

하늘을 바라보며 담배를 피우고

시들은 풀잎에 앉아

손금도 보았다.

차 한 잔을 마시고

정사(情死)¹⁵³⁾한 여자의 이야기를

신문에서 읽을 때

비둘기는 지붕 위에서 훨훨 날았다.

노인은 한숨도 쉬지 않고

더욱 아무것도 바라지 않으며

성서를 외우고 불을 끈다.

그는 행복이라는 것을 말하지 않았다.

---

153) 서로 사랑하는 남녀가 그 뜻을 이루지 못하여 함께 자살하는 일.

그저 고요히 잠드는 것이다.

노인은 꿈을 꾼다.
여러 친구와 술을 나누고
그들이 죽음의 길을 바라보던 전날을.
노인은 입술에 미소를 띠고
쓰디쓴 감정을 억제할 수가 있다.
그는 지금의 어떠한 순간도
증오할 수가 없었다.
노인은 죽음을 원하기 전에
옛날이 더욱 영원한 것처럼 생각되며
자기와 가까이 있는 것이
멀어져 가는 것을
분간할 수가 있었다.

회상의 긴 계곡

아름답고 사랑처럼 무한히 슬픈
회상의 긴 계곡
그랜드 쇼처럼 인간의 운명이 허물어지고
검은 연기여 올라라
검은 환영이여 살아라.

안개 내린 시야에
신부의 베일인가 가늘은 생명의 연속이
최후의 송가와
불안한 발걸음에 맞추어
어데로인가
황폐한 토지의 외부로 떠나가는데
울음으로써 죽음을 대치하는
수없는 악기들은

고요한 이 계곡에서 더욱 서럽다.

강기슭에서 기약할 것 없이 쓰러지는
하루 만의 인생

화려한 욕망
여권(旅券)은 산산이 찢어지고
낙엽처럼 길 위에 떨어지는
캘린더의 향수를 안고
자전거의 소녀여 나와 오늘을 살자.

군인이 피워 물던
물뿌리와 검은 연기의 인상과
위기에 가득 찬 세계의 변경(邊境)

이 회상의 긴 계곡 속에서도
열을 지어 죽음의 비탈을 지나는
서럽고 또한 환상에 속은
어리석은 영원한 순교자.
우리들.

박인환

(朴寅煥, 1926.08.15~1956.03.20)

시인.

아버지 박광선(朴光善)과 어머니 함숙형(咸淑亨)의 4남 2녀 중 장남으로 강원도 인제군 인제면 상동리에서 태어났다.

1926년 8월 15일 강원도 인제에서 태어났다.

1933년 인제공립보통학교에 입학했다.

1936년 서울로 이사하여 덕수공립보통학교 4학년에 편입하였다.

1939년 서울 덕수공립보통학교를 졸업하고, 경기공립중학교에 입학
   하였다.[154]

1941년 경기공립중학교를 자퇴하고,[155] 한성학교 야간부에 입학하
   였다.

---

154) 이 무렵 영화와 문학의 세계에 심취하여 일어로 번역된 세계문학전집과
   일본 상징파 시인들의 시집을 열독하였다고 한다.
155) 교칙을 어기며 영화관을 출입한 것이 문제가 되어 학교를 중퇴한다.

1944년 황해도 재령의 명신중학교 졸업하였으며, 평양의학전문학교 입학하였다.[156]

1945년 8.15광복으로 학업을 중단한다(평양의학전문학교 자퇴).[157]

1945년 종로 마리서사(書肆)라는 서점을 경영하면서 많은 시인들(김광균·이한직·김수영·김경린·오장환 등)과 조우하면서 시를 쓰기 시작하였다.

1946년 12월 『국제신보』에 첫 시 「거리」를 발표하였다.

1947년 『신천지』에 시 「남풍」과 평론 「아메리카 영화시론」을 발표했다.

1948년 서점을 그만 두고 이정숙과 결혼하였으며, 자유신문사에 입사한다.

1948년 『민성(民聲)』에 시 「지하실」을 발표하면서 본격적인 시작 활동을 전개하였다.

---

156) 그의 아버지 박광선은 아들의 이른 죽음을 몹시 애석해 하며 다음과 같은 이야기를 남긴다. "사실 안 된 말이지만, 나는 아들이 죽기 전까지 문학을 하는지 뭘 하는지 몰랐다. 나는 그 애가 의사나 교사 같은 직업을 갖기를 바랐고 강요하기도 했다. 1년밖에 다니지 못했지만, 평양의전에 들어간 것도 내 강권 때문이었을 것이다. 수명이 짧아 애석하더니 세월이 약이다. 자식이지만, 청렴하고 의리가 있었던 사람이다."

157) 부친의 강요로 3년제 관립학교인 평양의전에 입학했지만, 해방이 되자 학업을 중단하고 서울로 내려온다.

1949년 경향신문사에 입사하여 기자로 근무한다.

1949년 김병욱·김경린 등과 동인지 『신시론』을 발간하였으며, 김수영·김경린·양병식·임호권 등과 합동시집 『새로운 도시와 시민들의 합창』을 발행하였다.[158]

1949년 4월 『민성』에 시 「정신의 행방을 찾아」를 발표하였다.

1950년 김차영·김규동·이봉래 등과 피난지 부산에서 '후반기(後半紀)' 동인을 결성하여 모더니즘운동을 전개하였다. 「살아 있는 것이 있다면」·「밤의 미매장」·「목마와 숙녀」 등을 발표하였는데, 이 작품들은 도시문명의 우울과 불안을 감상적 시풍으로 노래하고 있다.

1951년 경향신문 기자를 지내며 육군소속 종군작가단에 참여하며 종군기자로 활동했다.

시 「신호탄」, 「고향에 가서」, 「문제되는 것」, 「벽」 등을 발표한다.

1955년 대한해운공사의 일 관계로 남해호 사무장의 임무를 띠고 미국에 다녀온 후, 『조선일보』에 「19일간의 아메리카」를 기고하였으며, 10월 15일 『박인환 선시집』을 출간하였다.

---

158) 광복 후 본격적인 시인들의 등장을 알려주는 신호탄이 되었다.

1956년 시 「세월이 가면」,[159] 「옛날의 사람들에게」를 발표하였다.

3월 20일 밤 9시 심장마비로 사망했다.[160]

1976년 박인환 선종 20주기를 맞아 장남 박세형이 『목마와 숙녀』

(근역서재)를 간행하였다.

---

[159] 도시적 서정, 도시적 감상주의, 도시적 보헤미안 기질이 넘치는 작품이다. 「세월이 가면」은 시인 박인환의 작고 1주일 전에 쓰여졌다고 하며, 추후 노래로 만들어져 널리 불리기도 했다. 1956년 3월 명동의 한 모퉁이에 자리한 막거리집 '경상도집'에 송지영, 김광주, 김규동 등 문인들이 모여 술을 마셨다. 마침 그 자리에 가수 나애심도 함께 있었는데, 몇 차례 술잔이 돌고 취기가 오르자 일행들은 나애심에게 노래를 청한다. 나애심은 마땅히 부를 노래가 없다고 하면서 청을 거절했다. 그 자리에서 박인환이 호주머니에서 종이를 꺼내 시를 쓰고, 그 완성된 시를 이진섭이 넘겨받아 단숨에 악보를 만들어냈다고 한다. 나애심이 그 악보를 보고 노래를 불렀는데, 이 노래는 국민들에게 많은 사랑을 받는다. 한 시간 후 송지영과 나애심이 자리를 뜨고, 테너 임만섭과 명동백작이라고 불리는 소설가 이봉구가 합석하게 되는데, 임만섭도 이 자리에서 악보를 보고 정식으로 노래를 불렀다. 그 노래를 듣고 명동거리를 지나던 행인들이 술집 문 앞으로 몰려들었다고 한다.

[160] 1956년 3월 21일 새벽 그의 친구들이 집으로 모여들었다. 차디찬 방에 꼿꼿이 누워 눈을 뜨고 천장을 바라보고 있는 눈을 감겨준 것은 송지영이었다. 그의 시신이 시인장으로 망우리묘역에 묻힐 때 지인들은 그가 좋아했던 조니 워커와 카멜 담배를 함께 묻었다고 한다.

목마와 숙녀

『박인환 선시집』(1955)에 수록된 작품으로 1950년대 전쟁과 비극, 퇴폐와 무질서, 불안과 초조 등 시대적 고뇌를 리듬감 있는 언어로 노래한 시이며, 어려운 시대를 살아가는 도시 청년의 감정을 노래한 작품이다. 또한 '목마와 숙녀'는 1976년 근역서재(槿域書齋)에서 발간된 박인환(朴仁煥)의 20주기 기념시집(A5판, 194쪽)으로 시집 표제이며 시 제목이다.

"한 잔의 술을 마시고/우리는 버어지니아 울프의 생애와/목마를 타고 떠난 숙녀의 옷자락을 이야기한다."

이 3행은 작가를 포함한 당시 지식인들의 풍속과 도시 청년의 고독한 정황을 엿볼 수 있다. 작품 전체에서 풍기는 '떠났다', '떨어진다', '버리고', '버릴때', '보이지 않는다', '서러운', '시들어 가고', '죽고', '희미한 의식' 등의 패배주의적 감상을 엿볼 수 있다. 또한 '두 개의 바위 틈을 지나 청춘을 찾은 뱀과 같이', '술병에서 별이 떨어진다', '상심한 별은 내 가슴에 가볍게 부서진다' 등의 표현을 보면 박인환의 시적 천성과 역량을 엿볼 수 있다.

큰글한국문학선집: 박인환 시선집

목마와 숙녀

© 글로벌콘텐츠, 2018

1판 1쇄 인쇄__2018년 04월 20일
1판 1쇄 발행__2018년 04월 30일

지은이__박인환
엮은이__글로벌콘텐츠 편집부
펴낸이__홍정표

펴낸곳__글로벌콘텐츠
　　　　등　록__제25100-2008-24호
　　　　이메일__edit@gcbook.co.kr

공급처__(주)글로벌콘텐츠출판그룹
　　　　이사__양정섭　　기획·마케팅__노경민　　편집디자인__김미미
　　　　주소__서울특별시 강동구 풍성로 87-6(성내동) 글로벌콘텐츠
　　　　전화__02-488-3280　　팩스__02-488-3281
　　　　홈페이지__www.gcbook.co.kr

값 22,000원

ISBN 979-11-5852-182-0 03810